Mary Pytches

Das Kind von gestern

Aussaat Verlag Neukirchen-Vluyn

ABCteam-Bücher erscheinen in folgenden Verlagen:
Aussaat Verlag Neukirchen-Vluyn
R. Brockhaus Verlag Wuppertal
Brunnen Verlag Gießen (und Brunnquell Verlag)
Christliches Verlagshaus Stuttgart (und Evangelischer Missionsverlag)
Oncken Verlag Wuppertal und Kassel

Titel der englischen Originalausgabe: Yesterday's child

Erschienen bei Hodder and Stoughton,
47 Bedford Square, London WC 1B 3DP
ISBN 0-340-52273-9

Aus dem Englischen von Antje Balters

Titelgestaltung Meussen/Künert, Essen
Satz: ZERO Typografischer Betrieb, Moers
Druck: Steinbeck-Druck, Sprockhövel
Printed in Germany
ISBN 3-7615-2483-8

Inhalt

Den Männern in meinem Leben.
Meinen Enkeln
Timothy, Ashley, Philip, Samuel, Zachary und Andrew;
meinen Schwiegersöhnen
Chris, John, Rob und Mike
und zu guter Letzt David,
dem wundervollen Ehemann, Vater und Großvater.

Vorwort

von Leanne Payne

Als Jesus Nathanael aufforderte, ihm zu folgen, fragte er Jesus: „Woher kennst du mich?“ Jesus antwortete und sprach zu ihm: „Bevor Philippus dich rief, als du unter dem Feigenbaum warst, sah ich dich.“ Und Nathanael reagierte spontan mit den Worten: „Rabbi, du bist Gottes Sohn, du bist der König von Israel.“
(Joh 1,48.49)

Mir hat diese Geschichte von der Berufung Nathanaels schon immer gefallen, aber jahrelang habe ich mich gefragt, worin das Geheimnis der Antwort Jesu lag, das Geheimnis dieser Antwort, die Nathanaels Skepsis auffing und ihn dazu brachte, Jesus als den Messias anzuerkennen.

Dann, vor ungefähr zwanzig Jahren, als ich im Zusammenhang mit archäologischen Ausgrabungen auf dem Tekoa in der Bibliothek von Jerusalem zu tun hatte, entdeckte ich eine wunderschöne Legende, die seitdem meine Sicht von der besagten Geschichte über die Berufung Nathanaels bestimmt hat.

Der Tekoa ist ein Hügel, etwa fünf Kilometer von Bethlehem entfernt, über den inzwischen arabische Beduinen ihre Kamele treiben. Dort liegen mindestens sieben verschiedene Kulturen begraben. Eine dieser Kulturen war die, in der der Prophet Amos lebte, eine andere die, in der Jesus Christus und Nathanael geboren wurden und in der der Kindermord durch Herodes stattfand, der um jeden Preis dieses Kind Jesus umbringen wollte. Spätere hier begrabene Kulturen enthalten Indizien für die Existenz von Kirchen, die über dem Grab des Propheten errichtet wurden. Und das bringt mich wieder auf die vor vielen Jahrhunderten von christlichen Pilgern niedergeschriebene Legende.

„Von dort gingen sie nach Thecua (Tekoa), wo die Kinder der Zeit Christi von Herodes getötet worden waren, und Nathanael, der von seiner Mutter unter einem Feigenbaum versteckt worden war, konnte entkommen; und so sagte unser Herr zu ihm: ‚. . .als du unter dem Feigenbaum warst, sah ich dich.‘“

Als Jesus Nathanael zum ersten Mal begegnete, blickte er ihn an und sah den Mann, der aus ihm geworden war, aber er sah und kannte auch von Grund auf das Kind, das dieser Mann einmal gewesen war. Jesus sah in Nathanael auch das „Kind von gestern“, den einen, der vielleicht durch sein Gefühl der Verlassenheit und der Verzweiflung, die er nach der plötzlichen Trennung von seiner Mutter empfunden hatte, noch immer behindert und eingeengt war; oder vielleicht stand er immer noch unter dem Eindruck und dem Einfluß des Schreckens, den seine Mutter durchgemacht hatte, als sie ihn vor der tödlichen Gefahr versteckte, die alle übrigen kleinen Jungen ihres Dorfes das Leben gekostet hatte. Da ist es kaum verwunderlich — natürlich immer vorausgesetzt, die Legende ist wahr —, wenn Nathanael ausrief: „. . .du bist Gottes Sohn."

Das tun wir alle genauso, wenn Jesus das Kind in uns anspricht, das wir einmal waren, und damit die Ängste, den Schmerz und das Gefühl des Abgelehnt- und Verlassenseins lindert. Das geht dem Ruf Gottes an uns immer voraus, denn Christus hat uns von allem befreit, was uns daran hindert, sein Kreuz auf uns zu nehmen und ihm nachzufolgen.

In jedem von uns steckt das „Kind von gestern" und blockiert unsere Fähigkeit, im Hier und Jetzt zu sein, und unser zukünftiges Wachsen in Christus ist allzuoft verwurzelt in schmerzlichen Verletzungen und in Ablehnung, die wir im Säuglings- und Kindesalter erfahren haben. Mary Pytches' einfach und klar geschriebenes Buch erweist sich nicht nur als ausgesprochen brauchbar und nützlich, sondern auch als machtvoll. Denn Mary Pytches weiß aus erster Hand, daß in der Gegenwart Gottes das „Kind von gestern" erlebt, wie Gott seine Hand nach ihm ausstreckt und ihm hilft, die wichtigen Entwicklungsschritte nachzuvollziehen, die zu einem früheren Zeitpunkt versäumt wurden und deshalb nicht vollzogen werden konnten.

Das vorliegende Buch ist ein Buch für alle, die heil werden wollen und/oder im seelsorgerlichen Dienst stehen. Als ein gut durchdachtes und sehr klar erklärtes „Werkzeug" schließt das vorliegende Buch eine Lücke zum Thema „Gebet um Heilung". In ihrem Buch „Das Kind von gestern" bietet die Autorin zum einen Grundinformationen zum Verständnis der Entwicklungsstadien des Menschen und zum anderen Erkenntnisse darüber, wie wir für uns selbst und/oder andere Menschen beten können, die leiden, weil sie einen oder mehrere der besagten lebensnotwendigen Entwicklungsschritte nicht vollziehen konnten. Das vorliegende Buch ist hierbei von grundlegender Bedeutung.

Einleitung

In der ersten Zeit unserer Ehe endete ein Streit zwischen meinem Mann und mir gewöhnlich damit, daß ich kategorisch erklärte: „So bin ich nun mal, und ändern kann ich mich nicht." Für meinen Mann David war das eine deprimierende Aussage, denn sie war ein Indiz für die Stagnation unserer Beziehung.

Ohne Veränderung und Wachstum beginnt der Mensch zu verkümmern und zu schrumpfen. Hinter meiner Aussage stand natürlich Unwissen, und zwar zum einen Unwissen über die bindende Wirkung meiner eigenen Lebensgeschichte auf mein Leben und zweitens Unwissen über die Macht Gottes, mich von den Lasten und Bindungen der Vergangenheit zu befreien. Mit den Jahren begann ich, mich auf den besagten Schrumpfungsprozeß einzustellen und zu akzeptieren, daß dies wohl mein Schicksal war! Meine Beziehungen zu anderen Menschen wurden immer oberflächlicher und distanzierter; mein Leben kreiste nur noch um Heim und Familie. Reisen und Besuche fanden kaum noch statt, und ich redete mir selbst ein, daß ich ein geborener Einzelgänger sei. Wenn das Anknüpfen von Beziehungen und das Reisen mich derartig viel Kraft kostete, was hatte es dann für einen Sinn? Schließlich sind wir ja auch alle ganz unterschiedlich geschaffen...

Vor kurzem habe ich einen Fernsehfilm gesehen, in dem es um einen erfolgreichen Geschäftsmann mittleren Alters ging, der des versuchten Mordes angeklagt war. Der Vernehmungsbeamte war von der Schuld dieses Mannes überzeugt, und zwar in erster Linie aufgrund der unglücklichen Kindheit des Verdächtigen und der Tatsache, daß er irgendwann als Jugendlicher straffällig geworden war. Der Polizeibeamte wollte dem Mann nicht glauben, daß sich sein Charakter seit der damaligen Zeit wirklich verändert hatte. Der Beamte war nämlich davon überzeugt, daß ein Mensch zwar eine neue, veränderte Maske tragen kann, darunter aber immer derselbe Mensch bleibt. „Sie werden ihre Kindheit bis zum Grabe mit sich herumschleppen", sagte er mit einem Unterton, der die Endgültigkeit seiner Aussage unterstrich, als sei sie bereits ein Schuldbeweis. Einerseits hatte er recht, und zwar in der Überzeugung, daß die Kindheit eines Menschen sein Denken, Fühlen und Verhalten für den Rest des Lebens beeinflußt. Allerdings irrte der Polizeibeamte sich in der Überzeugung, daß sich an solchen Grundvoraussetzungen nichts ändern läßt.[1]

Gott will nicht, daß unsere Verletzungen und Ängste uns einschränken und behindern, und er hat Wege und Mittel, in solche selbsterrichteten persönlichen Gefängnisse hineinzugelangen. Für mich persönlich war es eine Vielzahl verschiedener Schlüssel, die meine Gefängnistüren öffneten. Die wichtigsten Schlüssel waren die Auseinandersetzung mit meiner persönlichen Lebensgeschichte und der immer noch vorhandenen Wirkung dieser Geschichte auf mein gegenwärtiges Leben; Gebet und seelsorgerlicher Rat von Menschen meines Vertrauens; und schließlich und endlich zu lernen, nach „außen" zu leben. Diese persönlichen Erfahrungen sowie seelsorgerliche Gespräche und das Gebet mit vielen Menschen, die Probleme hatten, haben mir die große Bedeutung der Kindheit für das ganze Leben deutlich gemacht.

Die grundlegenden Jahre

Das Fundament für unser gesamtes Leben wird in den Jahren zwischen unserer Empfängnis und der Pubertät gelegt. „Wir wissen, daß die ersten Lebensjahre eines Kindes, an die es sich später nicht mehr erinnern kann und in denen das Fundament für seine Persönlichkeit gelegt wird, eine entscheidende Phase seiner Entwicklung sind", sagt John Bowlby.[2]

Die folgenden Kapitel sind ein Versuch, diese ersten grundlegenden Jahre der Kindheit darzulegen, einen Blick auf die sich wandelnden Bedürfnisse des Kindes zu werfen, das wir einmal waren, und die entscheidende Rolle unserer Eltern in diesen Jahren zu betrachten.

Vielen Menschen ist ihre Vergangenheit sehr fremd, und es wäre ihnen lieber, Heilung und Befreiung zu erlangen, ohne sich mit ihrer Vergangenheit auseinandersetzen zu müssen.

„Genauso, wie wir selbst gern über Abkürzungen unser Ziel erreichen, bieten wir auch anderen gern Rat und Hilfe an, ohne eigentlich deren Wunden genau zu kennen, die Heilung brauchen. Wir alle sind durch unsere Eltern und eigene Erfahrungen geprägt, und nur wenn wir zwischen diesen eine Verbindung herstellen, können wir heil werden ... Es gibt keine Hoffnung für die Zukunft, wenn die Vergangenheit nicht ans Licht kommt, wenn sie nicht angenommen wird und wenn sie unverstanden bleibt."[3]

Wahrscheinlich sind die meisten Leser des vorliegenden Buches bereits Eltern oder werden es einmal sein, und ich hoffe sehr, daß das folgende ihnen dabei helfen wird, ihre Kinder bestmöglich zu erziehen und ihnen genügend Sicherheit und Geborgenheit zu geben, so daß aus ihnen normale, gesunde Erwachsene werden.

Es ist nicht zu vermeiden, daß ein Buch über Entwicklung und Erziehung bei manchen Eltern Schuldgefühle und Reue auslöst. Für Eltern, auf die das beim Lesen des Buches zutrifft, habe ich nach dem letzten Kapitel ein Nachwort angefügt. Für manchen ist es vielleicht ganz hilfreich, zuerst das Nachwort zu lesen, dann das Buch und zum Schluß noch einmal das Nachwort.

Ich befasse mich mit der beschriebenen Thematik in erster Linie nicht deshalb, weil ich mich besonders für Kinderpsychologie interessiere, sondern eher weil ich mit diesen Fragen bei der Erziehung unserer eigenen vier Töchter und inzwischen auch unserer sechs Enkelsöhne zu tun hatte und habe. Meine eigenen Erfahrungen der Heilung, die daraus resultierende Auseinandersetzung mit dem Thema und mein Gebet um Antworten auf die vielen bedrängenden Probleme, die ich tagtäglich erlebe, haben dazu geführt, daß ich mich intensiver mit Fragen der Entwicklung befaßt habe.

Auch wenn ich Autoren wie z.B. John Bowlby von der Tavistock Clinic, Robin Skynner vom Institute of Family Therapy and Group Analysis (Institut für Familientherapie und Gruppenanalyse) sowie den bereits verstorbenen Kinderpsychiater D.W. Winnicott ausführlich zitiere, bin ich keine Anhängerin einer speziellen Schule oder Methode in der Beratung oder Psychotherapie. Wie ich bereits in meinem Buch „Set My People Free" („Befreie mein Volk", Anm. d. Übers.) ausgeführt habe, schätze ich das Wirken des Heiligen Geistes bei der Veränderung des Lebens von Menschen sehr hoch ein, aber gleichzeitig habe ich auch viele Erkenntnisse der professionellen Psychotherapie zu verdanken.

Dankbar bin ich außerdem meinem Mann David sowie Jill Skinner und Diane Harris, die das Manuskript des vorliegenden Buches gelesen, geprüft und korrigiert haben.

Sünde und erbliche Wesensmerkmale

Wenn ich davon ausgehe, daß die Gegenwartsprobleme eines Menschen ihre Wurzeln in seiner Vergangenheit haben, lasse ich nicht unsere ererbten Wesensmerkmale und angeborenen Neigungen außer acht. Diese Faktoren bestimmen, wie wir auf unsere Umwelt reagieren. So läßt sich auch erklären, wie zwei Menschen mit einem ähnlich schwierigen Hintergrund so unterschiedlich auf dieselbe Schwierigkeit reagieren können. Der eine reagiert anscheinend couragiert und forsch, während der andere unter dem Problem zusammenbricht.

Ich will auch keineswegs die Sünde im Leben von Menschen entschuldigen, wenn ich deren oder meine Vergangenheit betrachte. Viele unserer Einstellungen und Verhaltensmuster widersprechen dem Willen und Gebot Gottes, und deshalb müssen wir Buße dafür tun, und es muß eine Änderung stattfinden. Viele der Menschen, die wir seelsorgerlich begleiten und beraten, sind sich ihrer Sünden jedoch sehr bewußt, und sie weinen und klagen vor Gott in ihrer scheinbaren Hilflosigkeit und Unfähigkeit, sich zu ändern. Viele von ihnen leben mit Versuchungen, denen sie noch nie nachgegeben haben. Zwei Männer, mit denen ich kürzlich sprach, leiden seit ihrer Jugend unter ihrer homosexuellen Neigung, aber keiner der beiden ist jemals eine homosexuelle Beziehung eingegangen, um diese Neigung auszuleben. Statt dessen nehmen die beiden sehr ernst, was Paulus den Römern über Männer schrieb, die „den natürlichen Verkehr mit der Frau verlassen" und Beziehungen mit anderen Männern eingehen. Sie empfangen „den Lohn ihrer Verirrung" (Röm 1,27). Diese Männer kämpfen also einen täglichen Kampf gegen ihre Phantasien und gegen ihr Verlangen. Es ist mir ein inniger Wunsch mitzuerleben, wie solche Menschen heil und frei werden.

Oft haben wir mit falschen Einstellungen oder Verhaltensweisen zu kämpfen, die Gott nicht will, und wir erkennen nicht klar genug, daß Unkraut mit der Wurzel ausgerissen werden muß, wenn man es ein für allemal beseitigen will. Manchmal liegen die Wurzeln unserer täglichen Kämpfe in der Vergangenheit, und um wirklich gründlich mit ihnen aufzuräumen, müssen wir anfangen, sie an ihrem Ursprung zu packen.

Gestern beispielsweise habe ich mit einer Freundin gebetet, die schon seit vielen Jahren Christin ist. Ich staunte nicht schlecht, als sie mir sagte, daß sie immer wieder mit ihrem Zynismus und ihrer ironischen Art zu kämpfen hätte. Sie hatte sich kürzlich bei einer sehr zynischen Reaktion ertappt, als Bekannte von ihr über bestimmte Erfahrungen mit Gott berichtet hatten. Jetzt fühlte sie sich deshalb schuldig und tat Buße für ihre Einstellung. Sie stellte jedoch fest, daß sich die besagte ungute Haltung immer wieder einschlich und sich in ihr breitmachte. Natürlich war es richtig, daß sie dies immer wieder als Sünde bekannte und sich eine Veränderung wünschte, aber um endgültig damit fertig zu werden, mußte sie erst die Ursachen für die besagte Haltung herausfinden und verstehen.

Meine Freundin war in einem liebevollen christlichen Elternhaus aufgewachsen. Als sie elf Jahre alt war, hatte eine im Glauben übereifrige Untermieterin der Familie sie dazu überredet, „das Übergabe-Gebet" zu sprechen. Nachdem sie es vollzogen hatte, berichtete der Mann ihren Eltern davon, die voller Freude die Gemeinde über den „Glaubensschritt" ihrer Tochter informierten. Die gute Nachricht wurde dann im Sonntagsgottesdienst verkündet, und es wurde ein spezieller Choral gesungen, der solchen Anlässen vorbehalten war. Nach einer angemessenen

Frist wurde meine Freundin dann zur Glaubenstaufe angemeldet, die dem kleinen Mädchen natürlich wie eine Farce erscheinen mußte. Sie war in die religiöse Maschinerie geraten und hatte das Bekenntnis zu einem Glauben abgelegt, zu dem sie innerlich noch gar nicht bereit war. Und das war dann der Punkt in ihrem Leben, an dem die Saat des Zynismus im Zusammenhang mit Berichten über Glaubenserfahrungen in die Erde gelangt war. Jahre später lernte sie Gott dann besser kennen und verstehen. Sie übergab ihm ihr Leben, aber ohne ihr Wissen hatte die Saat des Zynismus bereits in ihr Wurzeln geschlagen. Im Falle meiner Freundin wäre es sicherlich oberflächlich und wenig hilfreich gewesen, bei der Bearbeitung ihrer gegenwärtigen Verfehlung die Wirkung und den Einfluß der Vergangenheit außer acht zu lassen.

Heilung der Vergangenheit

Es genügt jedoch nicht, unsere Vergangenheit nur zu verstehen, denn Verstehen allein bringt keine Heilung. Zu wissen und zu verstehen, „wie es bei mir war", ist nur der erste Schritt. Es muß einen Weg geben, die Wachstumsblockaden zu beseitigen, damit der Weg zur Mündigkeit und zum Erwachsenwerden fortgesetzt werden kann.

In einem Arbeitsteil am Ende jedes Kapitels habe ich einige Übungen zusammengestellt, die dabei helfen sollen, möglicherweise versäumte oder unzulänglich vollzogene Entwicklungsschritte nachzuvollziehen. Einige dieser Übungen kann man allein durchführen, die meisten lassen sich jedoch besser zusammen mit einer Vertrauensperson bearbeiten, sei es ein(e) Freund(in) oder ein(e) Seelsorger(in). Die betreffende Person sollte bereit sein, sich Ihre Geschichte anzuhören, ohne zu verurteilen oder Patentrezepte und Ratschläge anzubieten. Wenn Sie allerdings als Kind schwere emotionale Traumata erlitten haben und deshalb nun schwerwiegende Probleme haben, dann ist es sicherlich klüger, einen erfahrenen Therapeuten zu Rate zu ziehen.

Bedenken Sie, daß jede Entwicklungsphase einige Jahre dauert. Themen zu bearbeiten und nachzuvollziehen, die in eines dieser Entwicklungsstadien gehören, ist keine schnelle und leichte Angelegenheit. Man braucht Zeit und Geduld. Deshalb müssen manche der Übungen mehrmals bearbeitet werden, und andere Probleme und Fragen müssen vielleicht auch auf ganz andere Art und Weise angegangen werden.

Mein Vorschlag: Legen Sie sich eine Art Tagebuch an. Erstens ist es hilfreich, die Übungen schriftlich durchzuarbeiten; zweitens können

Sie Ihre Gedanken und Empfindungen über die anderen Aktivitäten schriftlich festhalten, und drittens können Sie ein „Zwei-Weg-Tagebuch" anlegen. Leanne Payne, Verfasserin der Bücher „Crisis in Masculinity" und „The Broken Image" („Krise der Männlichkeit"; „Das zerbrochene Bild", Anm. d. Übers.) war die erste, die uns die Methode des „hörenden Betens" ans Herz gelegt hat. Ich persönlich betrachte diese Methode als unglaublich wirkungsvoll. Mein „Zwei-Weg-Tagebuch" ist ein Buch, in das ich meine inneren Kämpfe schreibe, meine Überzeugungen, meine Empfindungen und Gedanken, und zwar alles in Gebetsform. Dann warte ich Gottes Reaktion auf das Geschriebene ab. Wenn ich das Gefühl habe, daß sich bei mir Gedanken und Empfindungen in Form von Worten einstellen, dann schreibe ich sie als Gottes persönliches Wort an mich im Zusammenhang mit der von mir beschriebenen Situation auf. Denn wenn Gott in unseren Herzen und in unserem Verstand sprechen soll, dann müssen wir vom Wort Gottes durchdrungen sein. Paulus sagt: „Laßt das Wort Christi reichlich in euch wohnen" (Kol 3,16). Gott benutzt den Reichtum seines Wortes, um uns persönlich und direkt anzusprechen. Ich habe entdeckt, daß dies einen machtvollen Weg der Heilung und des Wachstums in meinem Leben darstellt.

Als Beispiel hier ein Auszug aus meinem Tagebuch, geschrieben in meinem letzten Urlaub:

Ich: „Vater, oft gebe ich dir gar keine Chance, zu mir zu sprechen. Ich bin so sehr damit beschäftigt, dir all meine Anliegen vorzubringen, daß gar kein Raum für das bleibt, was du mir sagen willst. Heute morgen habe ich Zeit zum Zuhören. Bitte sprich mit mir. Um mich her ist so viel Schönheit — für die Ohren (ich hörte eine Musikkassette), für meine Augen (ich hatte eine wunderschöne Aussicht), für die Nase (ich roch den besonderen Duft des Meeres). Aber was ist in meinem Inneren? Da fühlt es sich gar nicht so schön an."

Was ich als seine Antwort empfand: „In deinem Inneren, mein Kind, sind häßliche Spuren und Prägungen, Dinge, die du gesehen, gehört und empfunden hast. Öffne deine Augen für mich, überdenke, wer ich bin, betrachte all das, was ich gemacht und bewirkt habe, dann werde ich Bilder der Herrlichkeit in deine Seele pflanzen. Trinke meine Schönheit; trinke mein Wort; nimm die Liebe und Schönheit an, die dir durch andere dargeboten werden. Du nimmst zu viele Verletzungen und Schmerzen in dich auf, und dadurch prägen sich deine eigenen Verletzungen nur noch tiefer bei dir ein. Stehe abseits und schaue mehr auf mich. Je mehr Häßlichkeit du siehst, desto häufiger mußt du meine Schönheit betrachten."

Das war ein nur zehnminütiger Austausch mit Gott, aber ich gewann daraus neue Erkenntnisse und bekam einen Hinweis auf einen Bereich der Unausgewogenheit in meinem Leben, mit dem ich mich auseinandersetzen mußte.

Wenn Sie das vorliegende Buch durcharbeiten, sollten sie sich immer bewußt machen, daß Gott jeden einzelnen von uns ganz genau kennt. Er kannte Sie schon im Mutterleib (Ps 139,13). Vielleicht können Sie sich bewußt nicht mehr an Ihr Babyalter erinnern, aber trotzdem haben Sie in jener Zeit Erfahrungen gemacht, die tief in Ihrem Inneren gespeichert sind. Der Neurochirurg Dr. Wilder Penfield hat das bei Versuchen am menschlichen Gehirn festgestellt. Indem er eine elektrische Sonde in einem bestimmten Bereich des menschlichen Gehirns einpflanzte, konnte er bewirken, daß die Versuchsperson eine bestimmte Situation noch einmal durchlebte, die sie längst vergessen hatte. Wenn Sie die Übungen durcharbeiten, machen Sie sich bitte auch die Gefühle und Gedanken bewußt, die dabei zutage kommen. Lassen Sie Gott sowohl Ihr Herz als auch Ihr Denken heilen.

1. Scheitern und Versagen in innerfamiliären Beziehungen

„Eltern, die es versäumen, aktiv zu werden bei der Formung ihrer Kinder, geben die Kinder aus der Hand, so daß sie von der Welt, vom Fleisch und vom Teufel geformt werden."
(Ralph Martin)[1]

Ich betrachtete die Familie, die da vor uns saß, und ich fragte mich: „Wie sie ihren Kindern wohl erklären, daß sie hier bei einer kirchlichen Beratungsstelle Hilfe suchen...?" Ich sah mir die beiden Jungen an, einer vierzehn, der andere sechs Jahre alt. „Autos", dachte ich, „bestimmt verstehen sie etwas von Autos." Ich konnte tatsächlich ihre Aufmerksamkeit gewinnen, als ich ihnen erklärte, daß Autos manchmal nicht richtig funktionieren und daß man sie dann gewöhnlich zur Reparatur in eine Werkstatt bringt. Manchmal ist es nur ein kleines Teilchen, das nicht richtig funktioniert, trotzdem aber den gesamten Motor lahmlegen kann. Ich erklärte weiter, daß es mit den Familien manchmal genauso ist, daß sie eben auch manchmal nicht so gut funktionieren und daher besondere Aufmerksamkeit brauchen — und genau das sei der Grund, weshalb sie hier wären. Meine Erklärung schien ihren Zweck zu erfüllen, denn die Kinder begannen, wenn auch zaghaft, die Familie aus ihrer Sicht zu beschreiben und darzustellen, was ihrer Meinung nach nicht richtig lief.

Kein Familienleben funktioniert ganz ohne Schwierigkeiten, und manchmal braucht auch eine christliche Familie Hilfe bei der Lösung ihrer Probleme. Die säkulare Gesellschaft, in der wir leben, bedeutet für christliche Familien noch zusätzlichen Druck. Allzu leicht wird man von der Welle der modernen Einstellungen weggespült. Materialismus und Aktivismus können für Eltern zu einer echten Falle werden, so daß finanzielle Sicherheit und Freizeitvergnügen über dem Familienleben rangieren. Wenn das geschieht, werden die Kinder unweigerlich zu unschuldigen Opfern einer dysfunktionalen Familie.

Es gibt drei Hauptgründe für ein gestörtes Familiensystem:

1. Fehlende Kommunikation und kein offener und ehrlicher Umgang mit den grundlegenden Lebensfragen und den außerordentlichen Belastungen des Lebens.
2. Ein Elternteil ist emotional oder physisch abwesend.
3. Eine wesentliche Unterbrechung im Liebesprozeß.

Wir wollen diese drei Punkte etwas genauer betrachten.

Mangelhafte Kommunikation

Zeit

Kommunikation erfordert Zeit. Viele Eltern sind zu beschäftigt und zu stark beansprucht, um zumindest einen Teil ihrer Zeit ausschließlich ihren Kindern widmen. Vielleicht gestehen sie ihnen noch gerade eine kurze Gutenachtgeschichte zu, aber wahrscheinlicher ist, daß die Kinder mit einem Video oder einer Fernsehsendung abgespeist werden. In der Geschwindigkeit, die die moderne Zeit mit sich bringt, vergessen wir anscheinend, daß Gott uns unsere Kinder nicht anvertraut hat, damit sie mucksmäuschenstill vor dem Fernseher sitzen. Zu den schlimmsten Übeltätern auf diesem Gebiet gehören christliche Eltern, die so viel Zeit mit irgendwelchen christlichen Aktivitäten verbringen, daß sie ihre Kinder kaum noch sehen. Ich kenne Geschichten über Pfarrerkinder, die so weit getrieben wurden, daß sie ihre Eltern um einen Termin baten, weil diese so sehr mit den Problemen anderer Leute beschäftigt waren, daß sie die ablehnenden Blicke der eigenen Kinder gar nicht mehr zur Kenntnis nahmen.

Reden

Gute Kommunikation ist eine zweiseitige Angelegenheit. Das alte Sprichwort: „Kinder darf man sehen, aber nicht hören“, mag zwar bei der Einübung von Selbstbeherrschung ganz hilfreich sein, aber bei vielen Kindern bewirkt es nur unnötige Frustration und unnötigen Zorn. Es ist nicht einfach, ein guter Zuhörer zu sein, und es ist noch schwieriger, wenn das Kind um die richtigen Worte zur Beschreibung irgendeines banalen Vorfalls ringen muß. Aber viele Eltern machen sich nicht die Mühe zuzuhören, und so verpassen sie entscheidende Hinweise, aufgrund derer sie ihren Kindern in einem wichtigen Entwicklungsabschnitt helfen könnten.

Dann gibt es Eltern, die meinen, mit ihren Kindern angemessen zu kommunizieren, wenn sie als erstes einmal ihre Meinung zu einem bestimmten Thema sagen oder Anweisungen geben, wie man sich in einer bestimmten Situation zu benehmen oder zu verhalten hat. Kommunikation bedeutet aber auch, dem anderen einen Freiraum zuzugestehen, in dem er seine eigene Meinung, seine Gedanken und Gefühle zum Ausdruck bringen kann, ohne unterbrochen oder verurteilt zu werden, auch dann, wenn wir nicht zustimmen können. Kinder brauchen genauso Freiräume wie jeder Erwachsene. Sie brauchen beim Heimkommen aus der Schule Gelegenheit, der Mama mehrmals zu erzählen, wie es war, von den anderen Kindern geärgert zu werden, und das ganze noch einmal dem Papa zu berichten, wenn er von der Arbeit nach Hause kommt. Das baut Spannungen ab und versetzt die Eltern und das Kind in die Lage, die Situation zu beurteilen und dann verschiedene Lösungsmöglichkeiten für das Problem zu durchdenken.

Unser ältester Enkel Timothy hat einmal eine ganze Mittagspause lang in der Schule mit fest verschränkten Armen an einer Stelle des Eßraums gestanden. Der Lehrer konnte kein Wort aus dem Jungen herausbringen. Er wollte weder seine Milch trinken noch etwas essen. Als seine Mutter ihn später abholte, ging er, immer noch mit verschränkten Armen, zum Auto. Nachdem er eingestiegen war, fragte sie ihn, was denn los sei. Und da endlich sprudelte die Geschichte von seinem „großen Fehler" aus ihm heraus. Er hatte mit Fingerfarben gemalt, und dann war ein anderer Junge zu ihm gekommen und hatte ihm gesagt, daß er die „Spezialfarben des Lehrers" benutzt hätte. „Du kriegst es nie mehr ab!" hatte der Junge gesagt, „und der Lehrer ist bestimmt wütend auf dich!" Der arme Tim hatte Angst bekommen, daher auch seine starre Haltung. An diesem Nachmittag erzählte er die Geschichte noch mehrmals seiner Mutter; als sein Vater nach Hause kam, ging er nochmals alles von Anfang bis Ende durch, dann schließlich, beim abendlichen Beten im Bett, berichtete er noch mal alles in allen Einzelheiten Jesus. Seine Eltern fürchteten zunächst, er würde sich am kommenden Tag weigern, zur Schule zu gehen, aber das ausführliche Mitteilen seiner Gefühle hatte das Problem vollständig gelöst, natürlich unterstützt durch die sichtbare Tatsache, daß die Farbe ganz leicht abzuwaschen gewesen war! Am nächsten Morgen machte er sich wie immer fröhlich auf den Schulweg.

Berühren

In seinem Buch „Will the Real Me Please Stand Up" („Mein wahres Ich möge sich bitte erheben", Anm. d. Übers.) sagt John Powell, daß manchmal schon die leiseste Berührung etwas ausdrücken und eine Wärme vermitteln kann, die Worte nicht auszudrücken vermögen. Er erinnert uns auch daran, welche Auswirkungen ein Mangel an Körperkontakt für Säuglinge hat. Wenn Neugeborene nicht genug körperliche Zuwendung bekommen, werden sie krank und können sogar an diesem Mangel sterben. Der Entzug von Körperkontakt kann unter anderem zu Allergien, Ekzemen sowie zu Sprach- und Lernschwierigkeiten führen. Offenbar ist Berührung eines der stärksten und wichtigsten Kommunikationsmittel des Menschen. Daß jeder Mensch das Bedürfnis nach Berührung hat, ist eine allgemein anerkannte Tatsache. „Manchmal bitten Kinder darum, ihnen den Rücken zu kratzen oder die Füße zu kraulen, und zwar eher, um sich eines Körperkontaktes zu vergewissern, als aus irgendwelchen vorgeschobenen Gründen. Auch Erwachsene bitten andere manchmal, ihnen die Schultern oder die Kopfhaut zu massieren, einfach um sich zu vergewissern, daß sich jemand um sie kümmert. Liebevolle Berührung bietet solche Gewißheit."[2]

Entzug von Körperkontakt ist ein immer weiter verbreitetes Phänomen, und gleichzeitig nimmt der Berührungsmißbrauch zu. Für viele Kinder beschränkt sich die Erfahrung von Körperkontakt entweder auf Schläge oder sexuellen Mißbrauch. Da ist es kaum verwunderlich, daß eines der häufigsten Symptome bei emotional geschädigten Kindern Berührungsangst ist. Säuglinge und Kinder brauchen zärtliche, liebevolle Fürsorge. Liebe ist für Neugeborene nicht nur emotional bedeutsam, sondern eine biologische Notwendigkeit. Ohne das „Knuddeln" und Schmusen und Umarmen als Ausdruck der Liebe verwelkt ein Kind förmlich und stirbt. „Die Bezeichnung für einen solchen Zustand ist Marasmus, hergeleitet vom griechischen Ausdruck für ‚dahinsiechen'. Im 19. Jahrhundert starben daran über die Hälfte aller Neugeborenen. Bis Anfang des 20. Jahrhunderts war dieser Mangelzustand Ursache für fast alle Todesfälle in Waisenhäusern. Die Kinder dort starben ganz einfach und brutal an Berührungsmangel."[3]

Dr. Fritz Talbot wurde einmal von Dr. Scholossmann durch eine bekannte Kinderklinik geführt. Als er eine dicke alte Frau sah, die ein erbärmlich aussehendes kleines Baby auf ihrer Hüfte herumtrug, fragte er, wer diese Frau sei. „Ach", antwortete Scholossmann, „das ist Anna. Wenn wir alles medizinisch Mögliche für ein Kind getan haben und dann immer noch keine Besserung eintritt, geben wir es Anna. Sie hat immer Erfolg."[4]

Eine unserer Missionsschwestern in Afrika erzählte von ihrer Arbeit mit Frühgeborenen. Bis vor kurzem hatte man die frühgeborenen Kinder in die warme Küche gebracht, wo sie in Waschschüsseln gelegt und in über dem Ofen angebrachte Regale gestellt wurden. Seit einiger Zeit geht man jedoch nach einer anderen Methode vor. Die Kinder werden den Müttern zwischen den Brüsten auf den Bauch gebunden, wo sie den bekannten Geruch und die Wärme der Mutter haben und wo sie den vertrauten mütterlichen Herzschlag spüren können. Dort entwickeln sich diese Kinder sehr viel schneller als die in der Küche betreuten Kinder. Diese nämlich nehmen täglich durchschnittlich nur zehn Gramm zu; die Babys, die bei den Müttern waren, dagegen durchschnittlich 40 bis 50 Gramm.

Blickkontakt

Der Blickkontakt ist ein weiteres wichtiges Kommunikationsmittel. Ein Kind findet seine grundlegende Identität in den Gesichtern seiner Eltern. Jemand hat einmal gesagt: „Die Augen einer Mutter sind das Leuchtfeuer der Identität." Wenn ein Baby seiner Mutter in die Augen schaut und dort Freude und Vergnügen sieht, dann identifiziert es sich damit. Wo es jedoch Zorn oder Traurigkeit sieht oder irgendeine andere negative Empfindung, wird es sich mit dieser identifizieren.

Gleich nach dem Körperkontakt ist der Blickkontakt das wichtigste Kontaktmittel im Säuglingsalter. Mit Hilfe der Augen gelangt die Liebe von der Mutter zum Baby. Eine Frau, die nie eine richtige Beziehung zu ihrer Mutter gehabt hatte, konnte sich nur daran erinnern, daß sie von ihrer Großmutter Liebe und Wärme empfangen hatte. „Bis ich meinen Mann kennenlernte, war sie der einzige Mensch, an dessen Augen ich erkennen und ablesen konnte, daß er mich liebte!"[5]

Man kann durch Blicke viele unterschiedliche Botschaften vermitteln: warnende, liebevolle, verständnisvolle. Ich kann mich daran erinnern, wie ich als Elfjährige wegen eines kleinen operativen Eingriffs ins Krankenhaus mußte. Meine ältere Schwester brachte mich hin und wartete, bis alles vorbei war, um mich dann wieder nach Hause mitzunehmen. Die Stationsschwester wollte mich jedoch über Nacht zur Beobachtung dabehalten. Die Erinnerung an einen Klinikaufenthalt als Kleinkind auf einer Quarantänestation rief in mir eine nahezu überwältigende Angst hervor, und ich schaute ängstlich meine Schwester an. Sie las die unausgesprochene Botschaft in meinen Augen und sagte der Schwester in sehr bestimmtem Ton, daß sie mich mit nach Hause nehmen und mich am nächsten Morgen noch einmal zur Nachuntersuchung wiederbringen würde. Ich war ihr unglaublich dankbar. Nach diesem Vorfall war ich mehrere Wochen lang ihre ergebene Sklavin.

Tabuthemen

Dysfunktionale Familien haben große Schwierigkeiten, über grundlegende Themen zu kommunizieren, und es ist ihnen so gut wie unmöglich, über außergewöhnliche Belastungen zu sprechen. Über Tod, Krankheit und Sexualität wird so gut wie nie geredet, und so hängt das Geheimnisvolle dieser Themen wie eine Wolke über der Familie. Die Themen werden von jedem gemieden, was zu einer distanzierten und gestelzten Sprache führt. Bei Kindern kann das Ängste hervorrufen, die wiederum in Verhaltensauffälligkeiten und Schulschwierigkeiten ihren

Ausdruck finden. Im Unterschied zu Erwachsenen können Kinder besser mit der Wahrheit als mit Lügen, Halbwahrheiten, Vermutungen und Verdrängung umgehen.

Die verstorbene Schwester meines Mannes hatte das Down-Syndrom. Nach dem Tod ihrer Mutter lebte sie bei ihrem bereits relativ alten Vater, an dem sie sehr hing. Eines Sommers nahm sie an einem Ferienlager für Behinderte teil, und genau in dieser Zeit starb ihr Vater. Statt nach den Ferien wieder nach Hause zu fahren, wurde sie in einem Wohnheim für Behinderte untergebracht. Die Familie sagte ihr nicht die Wahrheit, aus Angst, Mary würde damit nicht fertig werden. Nach ein paar Wochen aß sie fast nichts mehr, wurde depressiv und welkte zusehends dahin. Schließlich erzählte ein Freund der Familie ihr ganz offen, daß ihr Vater gestorben sei, woraufhin Mary sich auf ihrem Zimmer verkroch und lange weinte. Als sie am folgenden Tag wieder auftauchte, wirkte sie erleichtert und erzählte jedem, daß ihr Vater jetzt bei Jesus sei. Danach war sie bald wieder so freundlich und fröhlich wie früher.

Ein emotional oder physisch abwesender Elternteil

Ein weiterer Grund für dysfunktionale Familien ist das Fehlen eines Elternteils. Kürzlich hörte ich den Spruch: „Das größte Geschenk, das Gott Ihren Kindern macht, sind Sie." Eltern sind ein Geschenk Gottes an die Kinder, und dennoch verschwindet dieses größte aller Geschenke, nämlich zuverlässige, ständig anwesende Eltern, in der modernen Gesellschaft in beängstigendem Tempo.

Arbeit

Mit einem flüchtigen Küßchen verabschiedet sich Papa morgens um sieben und kommt zwölf Stunden später erschöpft wieder nach Hause, wenn das Baby schon schläft.

Weil sie glaubt, das Familieneinkommen aufbessern zu müssen, läßt die Mutter ihr Kind von der Tagesmutter betreuen und geht nach ihrem Erziehungsurlaub oder sogar noch früher zurück in den Beruf. Seit dem Zweiten Weltkrieg sind Schlüsselkinder etwas ganz Normales. Erst in der vergangenen Woche hatte ich ein Gespräch mit einer Frau, die in der Erinnerung an ihre Kindheit nur noch weinen konnte, weil sie nach Schulschluß stets in eine leere Wohnung gekommen war. In ihrer Erinnerung ging sie von Zimmer zu Zimmer und empfand dabei nichts als die mit dieser Erfahrung verbundene Einsamkeit und Trauer.

Scheidung, Krankheit, Tod

Mit dem Ansteigen der Scheidungsrate nimmt auch die Zahl der „Teilfamilien" stetig zu. Genauso können Tod oder Krankheit einem Kind ein Elternteil nehmen. In viel zu vielen Familien muß ein Elternteil Vater und Mutter sein, und oft sorgt dann die pure Erschöpfung dafür, daß auch der verbleibende Elternteil abwesend ist, weil er krank wird.

Emotionale Abwesenheit

Mein Vater war ein sehr ruhiger, in sich gekehrter Mann, der sich oft hinter einer Zeitung verkroch oder ruhig in seinem Sessel schlummerte. Ich hatte nie das Gefühl, ihn wirklich zu kennen. Ich kann mich nicht daran erinnern, jemals ein richtiges Gespräch mit ihm geführt zu haben, und ich habe inzwischen erkannt, daß er in meiner Kindheit eigentlich gar nicht vorkam. Ein Elternteil kann zwar körperlich anwesend, für das Kind jedoch emotional völlig abwesend sein.

Heute so häufig auftretende Depressionen sind für viele betroffene Eltern wie ein Gefängnis. Ebenso fordern Alkohol und Drogen ihre Opfer. Wie viele sorgengeplagte Kinder, die viel zu früh erwachsen werden müssen, sind gezwungen, die Verantwortung für ihre Eltern zu übernehmen statt umgekehrt! Viel zu viele Eltern lassen zu, daß eigene Verletzungen aus der Kindheit einen guten und sinnvollen Kontakt und Umgang mit den eigenen Kindern verhindern.

Störung des Liebesprozesses

Dies ist der dritte Grund für gestörte Familien. Kinder brauchen 15 bis 18 Jahre zuverlässiges Geliebtwerden, um sich zu psychisch gesunden Erwachsenen zu entwickeln. Winnicott meint, daß „eine Mutter nur auf der Grundlage der Gleichförmigkeit das Kind bereichern kann".[6] Eine Unterbrechung dieser wunderbaren Gleichförmigkeit des Liebhabens kann zu einer empfindlichen Störung in der Entwicklung des Kindes führen.

Krankenhausaufenthalt

Die Mehrheit der Menschen, mit denen wir beten und die wir beraten, haben irgendwann eine Störung oder Unterbrechung dieses Liebesprozesses erlebt. Der Krankenhausaufenthalt eines Kindes, besonders wenn es nur wenige oder gar keine Besuchsmöglichkeiten gibt, kann die ganze Familie in Mitleidenschaft ziehen.

Im Alter von drei Jahren war unsere Tochter Becky wegen einer Bauchfellentzündung drei Wochen lang in der Klinik. Sie hatte mehrere Spritzen und Blutentnahmen über sich ergehen lassen müssen, wobei ihr einmal Blut aus einer Halsvene entnommen wurde, weil die Schwester keine andere brauchbare Vene für eine Blutentnahme hatte finden können. Das alles war natürlich für ein so kleines Kind ganz schrecklich, aber zumindest konnten wir immer bei ihr sein und ihr die zusätzliche Qual einer Trennung ersparen. Früher waren Kinder da nicht so gut dran, und zusätzlich zu ihrer Krankheit und ihren Schmerzen hatten sie unter dem Schrecken der fremden Umgebung und der fremden Gerüche zu leiden; sie waren umgeben von Schwestern in gestärkten weißen Trachten, und sie hatten keinen vertrauten Menschen um sich, der sie hätte trösten und beruhigen können. Verständlicherweise hat in vielen Fällen eine solche traumatische Unterbrechung des Liebesprozesses nachhaltige Folgen gehabt.

Studien zum Verhalten von Kindern, die einen begrenzten Zeitraum in einem Heim oder Krankenhaus verbringen mußten, zeigen, daß die Reaktionen grundsätzlich gleich sind. Zuerst protestiert das Kind mit Tränen und Wut, nach und nach schwindet dann die Hoffnung, und es folgt eine Phase der Verzweiflung. Diese beiden Phasen wechseln sich so lange ab, bis es irgendwann zu einer Veränderung kommt und das Kind anscheinend die Mutter vergessen hat. Taucht die Mutter dann irgendwann wieder auf, scheint das Kind kein Interesse mehr an ihr zu haben. Das ist dann die Phase der Entfremdung. Wenn das Kind dann irgendwann wieder nach Hause kommt, erholt es sich meist nur sehr langsam und zeigt widersprüchliche Empfindungen intensiven Klammerns und heftiger Wutanfälle.[7]

Evakuierung

Im Zweiten Weltkrieg haben Evakuierungen bei vielen Menschen, die heute um die Fünfzig sind, Spuren hinterlassen. Ich bin einmal einer Frau begegnet, die jahrelang unter schweren Depressionen litt, weil sie als Kind evakuiert worden war, ohne darauf vorbereitet worden zu sein.

Internat

Die Gepflogenheit von Eltern der englischen Oberschicht, ihre Kinder auf Internate zu schicken, führt zu traumatischen Erfahrungen bei den betroffenen Kindern und schadet besonders sensiblen Kindern in ihrem Sicherheitsbedürfnis. Ich habe große stabile Männer wie kleine Kinder schluchzen sehen, wenn sie in der Erinnerung noch einmal durchlebten, wie Mama und Papa mit dem Auto wegfuhren und ihr Kind allein in der Schule zurückließen. Der Kampf, schon im Alter von fünf oder sechs Jahren ein „tapferer kleiner Mann" sein zu müssen, ist für viele qualvoll. Ein betroffener Mann hat mir einmal erzählt, daß er sich jeden Tag im Waschraum einschloß, um dort zu weinen.

Besonders auch Kinder von Missionaren leiden oft unter der frühen Trennung von ihren Eltern. Missionare, die in Ländern der Dritten Welt arbeiten, müssen ihre Kinder oft auf Tausende von Kilometern entfernte Schulen schicken. Manchmal sehen sich die Familienmitglieder ein ganzes Jahr lang nicht. Ein junger Mann berichtete, wie er als kleiner Junge aus lauter Verzweiflung vor seinen Eltern auf die Knie gefallen war und sie angebettelt hatte, ihn doch nicht allein zurückzulassen, als sie zurück auf ihre weit entfernte Missionsstation fahren mußten.

Mißbrauch

Das Elternhaus eines Kindes kann auch durch einen mißhandelnden Elternteil zerstört werden. Statt in einer liebevollen Umgebung aufzuwachsen, warten betroffene Kinder oft voller Angst auf den nächsten grausamen Übergriff. Sowohl Männer als auch Frauen haben mir ihre alptraumhafte Erinnerung anvertraut, im Bett zu liegen und zu beten, wenn sie den Schritt des Vaters vor ihrer Zimmertür hörten. Sie haben mir von der lähmenden Angst erzählt, die sie befiel, wenn die Schritte an der Zimmertür haltmachten und die Türklinke sich bewegte.

Kleine Kinder sind unfähig, sich gegen einen allmächtigen Elternteil zu wehren, der seine egoistischen Bedürfnisse durch körperlichen, verbalen oder sexuellen Mißbrauch zu befriedigen versucht.

Die Folgen eines gestörten Familienlebens

Kinder sind Überlebenskünstler und passen sich an, um in einer gestörten Familie überleben zu können. Das kann zur Folge haben, daß sie ihre Gefühle unterdrücken, ihr Verhalten ändern oder sich selbst mit Lügen täuschen müssen. Das dadurch unbewußt verfolgte Ziel ist es, den Schmerz so gering wie möglich zu halten und Schutz vor weiterem Schmerz zu schaffen.

Auch wenn solche Schutzmechanismen ein Kind vielleicht zunächst in die Lage versetzen, mit seiner Situation fertig zu werden, kommt mit großer Wahrscheinlichkeit irgendwann der Zeitpunkt, wo diese Mechanismen nicht mehr nötig sind. Unglücklicherweise sind sie dann meist schon so sehr zur Gewohnheit geworden, daß sie ganz normal erscheinen und nur sehr schwer wieder abzulegen sind. Dr. Charles L. Whitfield sagt:

„Kinder aus dysfunktionalen oder Problemfamilien wachsen auf, ohne zu wissen, was normal, gesund und angemessen ist. Weil sie keinen Maßstab haben, an dem sie die Realität prüfen können, glauben sie, daß ihre Familie und ihr Leben mit all seinen Unsicherheiten, seinen Traumata und seinem Leid ‚normal' ist."[8]

Irrationale Überzeugungen

Susan ist eine alleinstehende Frau Mitte Vierzig. Ihre Eltern hatten den größten Teil ihrer Kindheit eine angespannte Beziehung. Die Ehe wurde geschieden, als das Kind elf Jahre alt war. Nicht nur in Susans Kindheit, sondern auch noch in ihrer Jugend war die Kommunikation innerhalb der Familie dürftig gewesen, denn durch die Scheidung fehlte ihr ein Elternteil, und das hatte den Liebesprozeß empfindlich gestört. Die junge Frau bat schließlich um Hilfe, als ihre Ängste sie zu überwältigen drohten. Sie lebte in ständiger Angst vor Verlusten und Konflikten. „Ich meine immer, Konflikte um jeden Preis vermeiden zu müssen" und „für das Glück aller anderen verantwortlich zu sein", waren zwei der irrationalen Überzeugungen, von denen sie beherrscht war. Diese Überzeugungen führten dazu, daß sie Situationen mied, die in der Vergangenheit Schmerzen und Ängste bei ihr ausgelöst hatten. Der Preis für diese Vermeidungstechniken waren Ängste und eine ganze Liste unverarbeiteter Erfahrungen mit Freunden und der Familie.

Überwältigende Empfindungen

Joan leidet unter schweren Angstzuständen. Sie ist die Tochter einer Alkoholikerin, für die sie bereits sehr früh die Verantwortung übernehmen mußte. Noch jetzt, nach vierzig Jahren, regt Joan sich jedesmal schrecklich auf, wenn ihre Mutter anruft. Sie hat dann Schuldgefühle und fühlt sich für das Unglück der Mutter verantwortlich.

Andy hat seit dem Teenageralter mit seiner homosexuellen Neigung zu kämpfen. Seine Kindheit war beherrscht von einem Vater, der ihn mißhandelte, und einer verschreckten Mutter, mit der er eine sehr offene Beziehung hatte. Er wurde zur „kleinen Stütze" seiner Mutter und nahm die Stelle seines emotional abwesenden Vaters an. Er fühlte sich immer verantwortlich für seine Mutter, und auch jetzt noch, mittlerweile ist er 35 Jahre alt, ist es für ihn kaum vorstellbar, aus dem Elternhaus auszuziehen.

Margaret leidet unter Depressionen, seit sie erwachsen ist. Sie lebt in einer Welt, die mit einem Grauschleier überzogenen ist. Sie fühlt sich nie richtig glücklich, aber auch nie richtig unglücklich. Sie lebt momentan in ausgesprochen guten materiellen Verhältnissen, so daß mancher sicher neidisch auf sie ist, aber das lichtet den besagten Grauschleier kein bißchen. Margaret hat ihre Kindheit mit einer ständig ärgerlichen oder wütenden Mutter verbracht, der sie nichts recht machen konnte, und mit einem Vater, der nie zu Hause war. Ihr graues Gefängnis schützt sie nicht nur vor den vielen schmerzlichen Empfindungen, die sie in sich verschlossen hat, sondern auch vor dem Risiko, sich auf etwas zu freuen und dann den Schmerz einer Enttäuschung aushalten zu müssen.

Ungesunde Verhaltensmuster

Menschen setzen bestimmte Verhaltensweisen ein, um Schmerz zu vermeiden. Bettys Mutter war unzuverlässig und manchmal grausam, deshalb war Bettys erste Erfahrung von Zuneigung eine schmerzliche Erfahrung. In ihrer kindlichen Logik beschloß sie, daß Zuwendung einen zu hohen Preis forderte. Das daraus folgende Verhalten hatte zum Prinzip, sich niemandem zuzuwenden. Heute ist Betty eine einsame Frau, die zwar sehr viele Bekannte hat, aber keine richtigen Freunde.

Befreiung

Das Verstehen der persönlichen Vergangenheit und Geschichte ist der erste notwendige Schritt, wenn man einem Menschen helfen will, sich von den schädlichen Auswirkungen dieser Geschichte zu befreien.

„Zunächst einmal müssen wir unsere Verluste und Traumata identifizieren. Erst danach können wir anfangen, sie noch einmal zu durchleben, die nötige Trauerarbeit leisten und sie vervollständigen, anstatt sie zu umgehen oder zu verdrängen, wie wir es bisher getan haben."[9]

Das Verstehen mag der erste Schritt im Heilungsprozeß sein, aber der nächste wichtige Schritt ist das Trauern um die verlorene Zeit unserer Kindheit. Deshalb soll der Arbeitsteil am Ende dieses Kapitels zu einer solchen Art der Trauerarbeit ermutigen und motivieren. Irrtümlicherweise glaubt man bisweilen, daß ein depressiver Mensch trauert. Alice Miller dagegen behauptet: „Depressionen führen ihn ganz nah an seine Verletzungen heran, aber nur die Trauer über das, was er versäumt hat, was er zu einem entscheidenden Zeitpunkt versäumt hat, führt zur wirklichen Heilung."[10] Wahres Trauern deckt die Wunden auf und beklagt sie mit schmerzvoller Energie, bis es zur Heilung kommt. Obwohl Depressionen bereits sehr nah an der Wunde sind, decken sie sie jedoch nur mit einer grauen Decke zu und bringen keine Erleichterung.

Zum besseren Verständnis werde ich die verschiedenen Entwicklungsschritte eines Kindes bzw. Jugendlichen noch einmal darstellen und dabei herausstellen, mit welchen Herausforderungen Eltern und Kinder in den einzelnen Entwicklungsstadien jeweils konfrontiert sind. Wenn eine Entwicklungsphase nicht richtig bearbeitet worden ist, neigt der Mensch dazu, in einem bestimmten Lebensbereich „steckenzubleiben" oder „blockiert" zu sein. Wenn zum Beispiel die Aufgabe des Erlernens von Vertrauen nicht im ersten Lebensjahr bewältigt wird, dann wird das daraus resultierende Mißtrauen ein dauerhaftes Lebensmuster. Ein Entwicklungsstadium führt weiter zum nächsten, und jedes Stadium enthält Teilaspekte des vorangegangenen. „Der letzte Schritt in einem Entwicklungsstadium ist immer der erste Schritt des folgenden."[11]

Wenn wir die Fortschritte eines Kindes auf diese Weise verfolgen, stellen wir fest, daß jedes Kind als Individuum dabei sein eigenes Tempo und seine eigene Reihenfolge hat, weil seine Entwicklung fließend und individuell ist. Allgemein gesehen, folgt jedoch jedes Kind dem dargestellten Muster mit Abweichungen von einigen Monaten. Bevor wir einen ausführlichen Blick auf das Familienleben werfen, möchte ich Hintergrundinformationen geben, indem ich kurz die Elternrolle und die Beziehungen innerhalb der Familie darstelle, wie sie meiner Ansicht nach dem Plan Gottes und seiner Ordnung entsprechen.

Arbeitsteil

Bevor Sie mit dem Arbeitsteil beginnen, sollten Sie dafür sorgen, daß Ihnen mindestens eine halbe Stunde Zeit zur Verfügung steht, in der Sie die schriftlichen Arbeitsteile durcharbeiten können. Wenn Sie mit einer Person Ihres Vertrauens zusammenarbeiten, sollten Sie mindestens eine Stunde ungestört sein und keine Angst davor haben, eine Übung eventuell mehrmals zu wiederholen.

1. Beschreiben Sie ihre Familie schriftlich. Verwenden Sie ein Adjektiv zur Beschreibung jedes Familienmitgliedes.
   Zum Beispiel: Meine Mutter war liebevoll, mein Vater war depressiv etc.

2. Laut John Powell gibt es die folgenden fünf Kommunikationsebenen:
   a) Klischee-Ebene — Reden über das Wetter etc.
   b) Berichte von Tatsachen — Nachrichten, Neuigkeiten
   c) Das Mitteilen von Meinungen — Lebensvorstellungen und -überzeugungen
   d) Das Mitteilen von Empfindungen — „Ich bin gespannt, wütend, glücklich ..."
   e) Totale Ehrlichkeit und Offenheit

   Auf welcher dieser Ebenen fand in Ihrer Familie normalerweise Kommunikation statt?
   Auf welcher Kommunikationsebene fühlen Sie sich zur Zeit am wohlsten?

3. Beantworten Sie die folgenden Fragen:
   Waren Ihr Vater und Ihre Mutter physisch anwesend?
   Waren sie auch emotional für Sie da?
   Sind Sie von Ihrem Vater oder Ihrer Mutter mißhandelt worden?
   Haben Ihre Eltern getrunken oder Drogen genommen?

4. Schreiben Sie die Ihnen bekannten Unterbrechungen des Liebesprozesses auf.

5. Tauschen Sie Ihre Reaktionen auf die oben gestellten Fragen mit einer Person Ihres Vertrauens aus.

6. Bringen Sie die ungeklärten Themen und Fragen vor Gott. Normalerweise ist jede negative Erfahrung von Verlustgefühlen begleitet. Lassen Sie Ihre Trauer um jeden Verlust in Ihrer Kindheit zu. Es kann

sich um den Verlust einer Beziehung handeln, den Verlust von Spaß, Sorglosigkeit oder um den Verlust der Unschuld.

7. Denken Sie daran, welch große Bedeutung Jesus der Vergebung beigemessen hat. Wenn Ihnen das nicht klar ist, dann denken Sie eine Weile über das „Gleichnis vom Schalksknecht" nach (Mt 18,21-35). Schauen Sie sich besonders das Ende des Gleichnisses an: „Und sein Herr wurde zornig und überantwortete ihn den Peinigern, bis er alles bezahlt hätte, was er ihm schuldig war. So wird auch mein himmlischer Vater an euch tun, wenn ihr einander nicht von Herzen vergebt, ein jeder seinem Bruder."
   Auch als Jesus seine Jünger das Vaterunser lehrte, befaßte er sich ausführlich mit der Notwendigkeit der Vergebung. „Vergib uns unsere Schuld, wie auch wir vergeben unsern Schuldigern ... Denn wenn ihr den Menschen ihre Verfehlungen vergebt, so wird euch euer himmlischer Vater auch vergeben. Wenn ihr aber den Menschen nicht vergebt, so wird euch euer Vater eure Verfehlungen auch nicht vergeben" (Mt 6,12.14f).

8. Bitten Sie Gott, Ihnen irrationales Denken oder ungute Verhaltensmuster zu zeigen, die Sie sich als Reaktion auf Ihren gestörten familiären Hintergrund angeeignet haben. Schreiben Sie diese Punkte auf, bekennen Sie sie Gott und bitten Sie ihn, diese Lügen durch seine Wahrheit zu ersetzen und Ihnen die notwendigen Veränderungen in Ihrem Verhalten zu zeigen. Geben Sie ihm Zeit, zu Ihnen zu sprechen, und schreiben Sie dann auf, was er gesagt hat. „Wenn aber jener, der Geist der Wahrheit, kommen wird, wird er euch in alle Wahrheit leiten" (Joh 16,13). „Und (ihr) werdet die Wahrheit erkennen, und die Wahrheit wird euch frei machen" (Joh 8, 32).

9. „Du (Gott) tust deine Hand auf und sättigst alles, was lebt, nach deinem Wohlgefallen" (Ps 145,16).
   Schließen Sie die Augen und stellen Sie sich vor, wie Gott die Arme nach Ihnen ausstreckt. In der Hand hat er ein Geschenk für Sie. Nähern Sie sich ihm und betrachten Sie, was er da für Sie hat. Nehmen Sie das Geschenk und lassen Sie zu, daß es beginnt, Ihre Wunden zu heilen.

2. Die biblische Ordnung für die Familie

„Und Gott schuf den Menschen zu seinem Bilde, zum Bilde Gottes schuf er ihn; und schuf sie als Mann und Weib."
(Gen 1,27)

In dem von Johannes überlieferten Gebet Jesu betet Jesus für seine Jünger, die nicht von dieser Welt, aber in dieser Welt sind. Er bittet nicht, daß sie aus der Welt herausgenommen werden, sondern darum, daß sie vor dem Bösen bewahrt werden mögen (Joh 17).

Das war damals ein sehr wichtiges Gebet für die Jünger, aber die Gefahr des Bösen existiert auch heute noch, und wir brauchen diesen Schutz immer noch. Wir sind in dieser Welt, aber nicht von dieser Welt. Wir werden immer mit dem Maßstab der Welt konfrontiert werden, der sich auch in christliche Familien einschleicht. Wenn wir ohne Schutz sind, dann kann die Familie sehr schnell diesen Wertmaßstäben der Welt erliegen und sich nur noch an ihnen orientieren. Deshalb ist es so wichtig, immer wieder zu prüfen, ob unsere Familie und unser Familienleben noch unter dem zugesagten Schutz stehen, und nach Mitteln und Wegen zu suchen, diesen Schutz zu erhalten, möglichst noch zu verstärken.

Viele Christen setzen die Art eines gestörten Familienlebens, in dem sie selbst aufgewachsen sind, auch dann fort, wenn sie eine eigene Familie gegründet haben. Sie sind zwar Christen geworden, aber sie werden auch weiterhin vom Maßstab, den Verhaltensmustern und den Werten der Welt beherrscht, in der sie leben.

Der Grund dafür besteht zum Teil darin, daß die Menschen Heilung und Veränderung brauchen, aber auch zum Teil darin, daß es an klarer, eindeutiger Lehre und Führung im Bereich des Familienlebens fehlt.

Die Einheit Familie

Wenn ich versuche, einer Familie zu veranschaulichen, wie dysfunktionales Familienleben aussieht, benutze ich häufig das bereits erwähnte Bild des kaputten Autos. Das kann ganz hilfreich sein, aber in mancherlei Hinsicht fehlt es auch an Bildern und Beschreibungen, um diesen Sachverhalt darzustellen; denn die Familie ist ja ein lebendiger Organismus, der ständig in Bewegung ist, sich verändert und weiterentwickelt. Robin Skynner erklärt in seinem Buch „One Flesh, Separate Persons" („Ein Fleisch, getrennte Personen", Anm. d. Übers.) die Familie als ein System und benutzt dabei die allgemeine Systemtheorie. Die Familie wird als ein System innerhalb des größeren Systems der Gemeinde dargestellt. Jedes System ist von einer schützenden Abgrenzung umgeben. Diese Abgrenzung ist so etwas wie eine Haut, die die Familie als eine einzelne, separate Einheit innerhalb der Gemeinde funktionsfähig erhält. Das System Familie kann zwar von anderen gleich großen Systemen und dem nächstgrößeren System beeinflußt werden, die Abgrenzung soll jedoch verhindern, daß es von der Gemeinde oder anderen Familiensystemen beschädigt oder gar geschluckt wird.

Die Notwendigkeit gesunder Grenzen läßt sich gut am aktuellen Beispiel des Ozonloches darstellen. Die Ozonschicht fungiert als Abgrenzung um die Erde herum und verhindert, daß schädliche Sonnenstrahlung die Erde erreicht. Nach wissenschaftlichen Erkenntnissen sind wir Menschen mit dieser Schutzschicht nicht richtig umgegangen, so daß sie mit der Zeit Löcher bekommen hat und wir hier auf der Erde auf ganz unterschiedliche Weise mit den ernstlichen Folgen dieses Mißbrauchs konfrontiert sind.

Abgrenzung ist ein notwendiger Bestandteil des Lebens, denn sie bietet Schutz und Kontrolle. Gott stattete sein Volk mit einer solchen schützenden Abgrenzung aus, als er ihm die Zehn Gebote gab. Die Abgrenzung des Systems Familie gewährleistet Freiheit und Schutz, beides Voraussetzung zur Bewältigung der Aufgaben der Fürsorge, der Pflege, des Wachstums und der Entwicklung in der Familie. Es ist jedoch zum einen jemand nötig, der diese Grenzen aufrechterhält, und zum anderen eine Person, die innerhalb dieser Grenzen anstehende Aufgaben erledigt.

Einzelne Funktionen

Wachstum ist ein Prozeß, der Zeit erfordert. Bis zur Vollendung müssen viele Entwicklungsstadien durchschritten werden. Innerhalb der Familie gibt es Arbeit, die erledigt werden muß, Aufgaben, die bewältigt werden müssen, und Fertigkeiten, die es zu erlernen gilt. Wenn die Familie von einer Grenze umgeben ist, an der entschieden wird, was hindurch darf und was zurückgewiesen wird, dann erleichtert dies die Bewältigung all dessen, was sich innerhalb des Systems Familie abspielt (wie oben beschrieben). Die Abgrenzung existiert, um eine feste Struktur zu erhalten und um zu verhindern, daß diese Struktur auseinanderfällt, mißgebildet wird oder gar von anderen Strukturen von außen einverleibt wird. Gleichzeitig muß die Abgrenzung aber auch größtmögliche Bewegungsfreiheit und größtmögliches Wachstum innerhalb des Systems sicherstellen.

Während des Entwicklungsprozesses der Familie sind Brücken nötig, die es den einzelnen Familienmitgliedern ermöglichen, rückwärts und vorwärts von innen nach außen zu gelangen. Die Nutzung solcher Brücken muß kontrolliert und sorgfältig überwacht werden und wird sich verändern, je nach Intaktheitsgrad der Familienstrukturen, nach deren Entwicklungsstadium und nach der Toleranz der Familie gegenüber Einflüssen von außen. Die Aufrechterhaltung der Grenze, der Brückenbau und die Begrenzung dessen, was in der Familie ein und aus geht, sind wichtige Funktionen. All diese Aufgaben müssen von irgend jemandem übernommen, zumindest aber in die Wege geleitet werden.

Wenn die genannten Aufgaben angemessen bewältigt werden, können die Alltagsaufgaben innerhalb des Familiensystems ohne allzu viele Störungen und Ablenkungen von außen erledigt werden. Innerhalb des Systems gibt es die täglichen Aufgaben der Pflege, der Erziehung und der Fürsorge, des Unterrichtens in grundlegenden Fertigkeiten und die Aufgabe der Charakterformung. Dies erfordert ständige und zuverlässige Präsenz.

Sowohl die Aufgabe der Erhaltung und Bewachung der Abgrenzung nach außen als auch die Aufgabe der inneren Versorgung und Formung sind nötig und von entscheidender Bedeutung für die gesunde Entwicklung der einzelnen Familienmitglieder. Keine der vorhandenen Aufgaben ist einer anderen untergeordnet oder von der anderen unabhängig, ja manchmal sind sie sogar austauschbar. Trotz mancher moderner Einstellung scheint es so, als sei der Mann von seinem Wesen her eher für die eine Aufgabe geeignet und die Frau eher für die andere.

Geschlechtsunterschiede

Als Gott den Menschen schuf, schuf er ihn als Mann und Frau. „Und Gott schuf den Menschen zu seinem Bilde, zum Bilde Gottes schuf er ihn; und schuf sie als Mann und Weib. Und Gott segnete sie und sprach zu ihnen: Seid fruchtbar und mehret euch" (Gen 1,27f). Später sagt Gott dann noch: „Darum wird ein Mann seinen Vater und seine Mutter verlassen und seinem Weibe anhangen, und sie werden sein ein Fleisch" (Gen 2,24).

Die menschliche Familie beginnt mit einem Mann und einer Frau, die ihre Ursprungsfamilie verlassen haben und als ein Fleisch zusammenkommen. Aus dieser Verbindung gehen dann Kinder hervor. Körperlich und emotional unterscheiden sich Mann und Frau jedoch. Verallgemeinernd könnte man sagen, daß wir alle ganz natürlich die männliche oder weibliche Rolle übernehmen. Der Mann ist so konstruiert, daß er eindringt (penetriert), die Frau so, daß in sie eingedrungen werden kann. „Adam (oder der Mann) erkannte sein Weib Eva, und sie ward schwanger und gebar Kain" (Gen 4,1). Die Frau verfügt über die Gebärmutter, in der sie neun Monate lang ihr Kind trägt. Das kann der Mann nicht. Nach der Geburt des Kindes produziert der Körper der Frau Milch, die in ihrer Zusammensetzung viele Monate lang perfekt den Ernährungsbedürfnissen ihres Babys angepaßt ist. Die Frau ist daher vollkommen dazu geschaffen, die Aufgaben der Pflege und Fürsorge innerhalb der Abgrenzungslinie der Familie zu übernehmen. Um sich aber dieser Aufgabe angemessen widmen zu können, braucht sie einen Partner, der die Aufgabe der Erhaltung und Überwachung der Grenze um sie und das von ihr zu versorgende Kind übernimmt. Dazu ist der Mann optimal ausgestattet — sowohl körperlich als auch psychisch.

Nach 20 Jahren praktischer Klinikerfahrung ist Robin Skynner davon überzeugt, daß „das optimale Modell für das Funktionieren einer Familie ein Modell ist, in dem der Vater grundsätzlich die letztgültige Verantwortung für die Familie akzeptiert, ebenso wie die damit verbundene Autorität."

Obwohl viele Familientherapeuten diese Ansicht vertreten, wird das nicht immer ohne weiteres eingestanden. Skynner sagt: „Manche Familientherapeuten in Nordamerika vertreten solche Ansichten im derzeitigen Meinungsklima lieber nicht öffentlich."[1] Mit anderen Worten: Sie haben Angst vor den Reaktionen der Feministinnen.

Gott richtete den Priester Eli dafür, daß er es unterlassen hatte, seine Söhne, die gegen Gott gesündigt hatten, in ihre Schranken zu weisen, „denn sie verachteten das Opfer des Herrn". Er war als Vater zu nachgiebig gewesen und hatte nicht die notwendige Abgrenzung gewährleistet. Deshalb schloß Gott Elis Familie für immer von der Priesterschaft aus. Gott will, daß die Familie von einer starken Vaterfigur beschützt und diszipliniert wird.

Als Paulus Timotheus unterweist, wie er einen Bischof für die Gemeinde auswählen soll, sagt er, daß es sich um einen Mann handeln muß, „der seinem eigenen Haus gut vorsteht und gehorsame Kinder hat in aller Ehrbarkeit". Genauso müssen auch Diakone „ihren Kindern und ihrem eigenen Haus gut vorstehen" (1 Tim 3, 4.12).

Die säkulare Gesellschaft, in der wir ja alle leben, unterhöhlt laufend die biblische Sicht vom Familienleben, und unter dem Druck, sich dem Maßstab der Welt anzupassen, fangen viele Christen an zu straucheln. Kürzlich haben wir eine sehr lebendige und schnell wachsende christliche Gemeinschaft in Kansas, USA, besucht. Die Mitglieder dieser Gemeinschaft sind ein krasser Gegensatz zur sie umgebenden materialistischen Gesellschaft. Sie praktizieren einen einfachen Lebensstil, der es den Müttern ermöglicht, zu Hause bei den Kindern zu bleiben, statt sich dem Druck zu beugen, durch Berufstätigkeit noch mehr Geld zu verdienen. Außerdem messen diese Menschen dem Familienleben einen sehr hohen Stellenwert bei. Auffällig war, welche wesentliche Rolle der Vater dabei spielt.

Als Gott Mann und Frau schuf, da schuf er zwei verschiedene Arten von Menschen. Sie waren nicht identisch geschaffen, sondern mit Unterschieden, die auf unterschiedliche Funktionen hinwiesen. Der erste Auftrag Gottes an den Mann lautete, über die Schöpfung Gottes zu herrschen (Gen 1,26). Zweitens sollte er sich vermehren, also eine Familie gründen (Gen 1,28). Die wichtigste Funktion der Frau dagegen war es, eine Gehilfin zu sein, „die zu ihm paßt" (Gen 2,18). Später gehorcht Adam dann der Anweisung Gottes, fruchtbar zu sein und sich zu vermehren, und er „erkannte sein Weib Eva, und sie ward schwanger und gebar den Kain" (Gen 4,1).

Der dienende Leiter

Um seine Aufgabe erfüllen zu können, muß der Vater die Fähigkeit haben, sowohl die Bedürfnisse des einzelnen Familienmitgliedes zu erkennen als auch die Bedürfnisse der Gesamtfamilie im Blick zu haben. Als guter Leiter muß er fähig sein, seine eigenen Bedürfnisse um der anderen willen zunächst einmal beiseite zu stellen. Paulus ermahnt die Ehemänner, ihre Frauen zu lieben, „wie Christus die Gemeinde geliebt hat und hat sich selbst für sie hingegeben" (Eph 5,25). Jesus stellte aufopferungsvoll seine eigenen Bedürfnisse zur Seite, ja er gab sein Leben hin zum Wohl und im Dienst seiner Braut, der Gemeinde. Auf diese Weise veranschaulichte er die Rolle des Dieners/Leiters für jeden Ehemann und jedes Familienoberhaupt.

Gott sandte seinen eigenen geliebten Sohn als winziges Baby auf diese Welt. Er erwählte Maria, um seinen Sohn auszutragen und ihn zu nähren. Josef erwählte er, ihn zu beschützen und zu bewachen.

In der Weihnachtszeit bekommen wir oft Postkarten mit Darstellungen verschiedener Aspekte der Weihnachtsgeschichte. Solche traditionellen Weihnachtsszenen vermitteln den Grundgedanken sehr klar. Auf einer Karte beispielsweise sind Maria und Josef bei ihrer Ankunft in Jerusalem dargestellt, Maria hochschwanger auf dem Esel sitzend, Josef nach einem Platz Ausschau haltend, wo Maria ihr Kind zur Welt bringen kann. Auf einer anderen Karte ist Maria im Stall dargestellt, mit dem Kind im Arm, während Josef im Hintergrund steht und seine Familie beschützt und Wache hält. Oder es gibt Darstellungen von der Familie auf der Flucht nach Ägypten, nachdem Josef vor den Plänen des Herodes gewarnt worden ist, Jesus zu töten. Auch hier beschützt Josef wieder seine Familie und sorgt für sie, so wie Gott es ihm aufgetragen hat.

Die Geburt Jesu ist umrahmt von Engelerscheinungen und warnenden Träumen. Maria hat nur ein einziges Mal eine solche Erscheinung, und zwar bei der Ankündigung der bevorstehenden Geburt Jesu (Lk 1,28). Danach gelten die Erscheinungen und Träume anderen, unter anderem auch Josef, der vier wichtige Mitteilungen erhält, jedesmal mit dem Ziel, ihn in seiner Aufgabe als Beschützer der Familie zu leiten.

Im ersten Traum befiehlt Gott ihm, Maria zu heiraten und so für seinen Sohn die Sicherheit eines Vaters und einer Mutter zu gewährleisten (Mt 1,20). Zweitens: Es erscheint ein Engel, um Josef mitzuteilen, daß er nach Ägypten fliehen soll (Mt 2,13), später erscheint noch einmal ein Engel, um ihm zu sagen, daß er zurückkehren kann (Mt 2,20). Wiederum nach einiger Zeit wird Josef erneut in einem Traum gewarnt, daß nicht mehr Herodes, sondern dessen Sohn Archelaus in Judäa regiert, so daß Josef mit seiner Familie nach Galiläa geht (Mt 2,22). Jedesmal spricht Gott zu Josef, nicht zu Maria, stellt also den Familienvater als Wächter und Beschützer an die Abgrenzungslinie der Familie.

Die Bedeutung der Geschlechtsunterschiede

Eine Familie funktioniert dort am besten, wo Vater und Mutter ihre spezielle Funktion und Rolle einnehmen, einmal abgesehen von notwendigen Überschneidungen oder Situationen, in denen die Hilfestellung des jeweils anderen nötig ist. Die Kinder profitieren davon, wenn die Rollen und Funktionen innerhalb der Familie klar definiert sind. „Es scheint zumindest allgemeine Übereinstimmung darüber zu herrschen", sagt Skynner, „daß eine klare, eindeutige Differenzierung der beiden Geschlechterrollen innerhalb einer Ehe notwendig ist, damit sich die Kinder ohne ein schädliches Maß an Verwirrung und Konflikten entwickeln können."[2] Kinder erhalten ihre geschlechtliche Identität durch die Eltern. Sie haben dabei sowohl weibliche als auch männliche Rollenmuster vor sich. Dort, wo die Unterschiede klar definiert sind, identifizieren sich die Mädchen mit der Mutter und die Jungen mit dem Vater.

Ein weiterer positiver Effekt, der sich aus klar definierten Rollen ergibt, besteht darin, daß jeder in der Familie weiß, wer das letzte Wort hat, wenn der Vater die Autorität und die Verantwortung übernimmt. Die Kinder fühlen sich sicherer und haben mehr Freiheit beim Erforschen ihres Umfeldes innerhalb der Abgrenzung, wenn sie wissen, daß es eine Grenze gibt, die sie nicht überschreiten dürfen.

In unserer Familie mit vier Kindern, die altersmäßig sehr dicht aufeinander folgten, waren Autorität und Kontrolle wichtige Faktoren bei der Aufrechterhaltung einer guten Atmosphäre. Als Mutter hatte ich alle Hände voll zu tun mit der Versorgung, dem Essenmachen, Waschen, Kleiden und Trösten. David übernahm die Verantwortung für die Grenzen, indem er sie definierte und im Auge behielt. Er sorgte für ein sicheres Umfeld und für gute Beziehungen. Wenn er für längere Zeit weg mußte, merkte ich, wie schwierig es war, seine Rolle mit zu übernehmen und beide Rollen ausfüllen zu müssen. Ich kann mich noch gut daran erinnern, wie ich eines Sonntags, nachdem David das ganze Wochenende nicht zu Hause gewesen war, auf der untersten Treppenstufe saß und vor lauter Frustration und Müdigkeit weinte. Über mir lugten vier Augenpaare zwischen den Geländerstäben hindurch und beobachteten mich ängstlich. Die Kinder wußten, daß sie es zu arg getrieben hatten, und wahrscheinlich sehnten sie sich ebensosehr wie ich danach, daß ihr Vater heimkäme und in einer außer Kontrolle geratenen Situation, die Unbehagen und Ungemütlichkeit erzeugte, wieder für Ordnung sorgte.

Verwirrung und Konflikte im Zusammenhang mit der geschlechtlichen Identität der Eltern, das Fehlen zuverlässiger Grenzen und ein Mangel an Fürsorge können in der Kindheit viele Probleme hervorrufen, die dann später zu einer ambivalenten Geschlechtsidentität sowie zu Ängstlichkeit und Unsicherheit führen können. Wenn solche auf ihre Selbständigkeit falsch vorbereiteten Erwachsenen heiraten und eine Familie gründen wollen, stellen sie oft fest, daß sie kein gesund funktionierendes Familiensystem aufbauen können, weil sie es selbst nie erlebt haben. Und so wiederholt sich ihre eigene traurige Geschichte noch einmal. Da ist es gut zu wissen, daß dieser Teufelskreis durchbrochen werden kann. Der Weg zu Heilung und Veränderung beginnt dort, wo wir anfangen, unsere eigene Lebensgeschichte und die in der Kindheit nicht abgeschlossenen Entwicklungsaufgaben zu erkennen.

Die Rolle der Eltern wird im folgenden auch weiterhin ein wichtiger Aspekt sein, auf den wir uns konzentrieren, wenn wir einmal die Anfänge des Familienlebens etwas näher betrachten.

Arbeitsteil

1. Stellen Sie sich vor, Sie sind wieder acht Jahre alt. Sie halten sich im Wohnzimmer ihres Elternhauses auf. Sie sehen jetzt als erstes, wie Ihr Vater den Raum betritt.
   Was empfinden Sie bei seinem Anblick?
   Was tut er, nachdem er das Zimmer betreten hat?

   Jetzt sehen Sie Ihre Mutter das Zimmer betreten.
   Was empfinden Sie bei ihrem Anblick?
   Was tut sie?

2. Stellen Sie sich vor, Ihre Familie ist zum Essen am Tisch versammelt.
   Wo sitzt Ihr Vater?
   Wo sitzt Ihre Mutter?
   Was tun sie?
   Was sagen sie?
   Welche Empfindungen löst das bei Ihnen aus?

3. Vielleicht lösen diese Erinnerungen nur gute, glückliche Gefühle bei Ihnen aus. Wenn das so ist, dann danken Sie Gott für Ihr Familienleben. Vielleicht haben diese Erinnerungen jedoch unbehagliche oder sogar schmerzliche Empfindungen in Ihnen wachgerufen. Wenn das der Fall ist, dann haben Sie mit Sicherheit ein schlechtes Bild von Familienleben und der Elternrolle, und das muß und kann anders werden. Bitten Sie um den Heiligen Geist und beginnen Sie jetzt gleich mit dieser Arbeit der Veränderung.

4. Stellen Sie sich den Stall vor, in dem Jesus Christus geboren wurde. Sehen Sie, wie Maria das Baby füttert und versorgt. Sehen Sie, wie Josef wachend über der Mutter und dem Kind steht und sie beschützt. Lassen Sie auf sich einwirken, wie richtig und gut dieses Bild ist, und danken Sie Gott für seinen vollkommenen Plan für die Familie. Lassen Sie sich genügend Zeit, das Bild auf sich einwirken und in Ihnen Wurzeln schlagen zu lassen.

5. „Er hat uns errettet von der Macht der Finsternis und hat uns versetzt in das Reich seines lieben Sohnes“ (Kol 1,13). Vielleicht ist Ihre Ursprungsfamilie sehr gestört gewesen, und Sie haben dadurch Verletzungen davongetragen. Denken Sie daran, daß Sie aus der Finsternis herausgeholt und in eine neue Familie hineingestellt worden sind. Sie sind eingeladen, an der Sicherheit und der von Liebe bestimmten Beziehung zwischen dem Vater und dem Sohn teilzuhaben.

6. Nehmen Sie sich Zeit, über diese Beziehung nachzudenken und zu meditieren. Stellen Sie sich vor, wie Sie daran teilhaben, und beginnen Sie zuzulassen, sich an dieser Beziehung zu freuen und davon zu profitieren.

3. Ein geheimnisvoller Ort
(Im Mutterleib)

„Himmlischer Vater, Schöpfer aller Dinge, du machst uns fähig, an deiner Schöpferarbeit teilzuhaben. Segne du dieses Paar durch die Gabe der Kinder und die Gabe der Fürsorge für sie, daß ihr Heim ein Ort der Liebe, der Sicherheit und der Wahrheit sein möge und daß ihre Kinder aufwachsen mögen, um dich kennenzulernen und dich in deinem Sohn Jesus Christus zu lieben. Amen.“
(Gebet aus der Trauliturgie der anglikanischen Kirche)

Babys sollten ursprünglich die Frucht einer stabilen, liebevollen Verbindung zwischen einem Mann und einer Frau sein. In solch einer sicheren Umgebung sind Kinder willkommen und haben die besten Chancen, zu normalen, gesunden Erwachsenen heranzuwachsen. Wir müssen uns jedoch darüber im klaren sein, daß eine Empfängnis unter sehr unterschiedlichen Umständen und aus sehr verschiedenen Gründen zustande kommen kann. Sie kann sowohl auf dem Hintergrund hingebungsvoller zärtlicher Liebe geschehen als auch durch selbstsüchtige und brutale Lustbefriedigung. Eine Empfängnis kann außerhalb oder innerhalb einer Ehe stattfinden, sie kann nach sorgfältiger Planung oder durch einen „Unfall“ geschehen. Wie auch immer die Umstände und Gründe aussehen mögen, es findet in dem Augenblick der Empfängnis ein unglaubliches Wunder statt. Es wird ein menschliches Leben empfangen mit all seinen Möglichkeiten.

Zwischen dem Augenblick der Empfängnis und dem Zeitpunkt, zu dem die Mutter von der Schwangerschaft erfährt, liegen in der Regel drei bis vier Wochen. Zunächst ist der Embryo nur notdürftig an der Gebärmutterwand befestigt und nistet sich dann später mit Hilfe von Plazenta und Nabelschnur fest ein. In dieser Zeit entsteht die Wirbelsäule des Kindes, das Herz und das Verdauungssystem. Der winzige Embryo wird „im Verborgenen“ (Ps 139,15) gemacht und wartet still auf eine Reaktion auf seine Existenz. Wird seine Existenz mit Freude oder Zorn aufgenommen werden? Wird er vom wichtigsten Menschen in seinem Leben angenommen oder abgelehnt? Welche Empfindungen werden die emotionale Umgebung bestimmen, in der er die folgenden acht Monate verbringen wird? Werden es positive Empfindungen der Liebe, der Freude und des Glücks sein oder negative Empfindungen wie Angst, Ablehnung und Depressionen?

Dr. Frank Lake und Dr. Thomas Verney glauben, „daß sich der menschliche Embryo auf geheimnisvolle Weise schon im ersten Lebensstadium erinnern und daß er fühlen kann."[1] Fest steht, daß der Fötus von allem, was der Mutter widerfährt, auch direkt betroffen ist, sobald er durch Plazenta und Nabelschnur mit ihrem Blutkreislauf verbunden ist. Es versteht sich daher von selbst, daß das Kind genauso, wie es durch die Mutter ernährt wird, auch die ganze Bandbreite ihrer Empfindungen mitbekommt. Dr. Frank Lake schreibt: „Diese enge Verbindung zwischen Mutter und Fötus ist gar nichts so Überraschendes. Wenn wir wütend oder erschrocken sind, dann wird jede Körperzelle über diesen emotionalen Notfall informiert. Von den Zehenspitzen, die sich vor Anspannung in den Boden krallen, bis zu den Haaren, die einem ‚zu Berge stehen', zeigen und erkennen wir die Anzeichen und Symptome für solche starken Emotionen. Warum sollte die Gebärmutter von einer solchen Kommunikation ausgeschlossen sein?"[2]

Mir fällt es nicht schwer, diese Aussage über die emotionale Verbindung zwischen Mutter und Kind zu glauben, und zwar erstens, weil ich weiß, auf welche Weise viele Menschen reagieren, wenn sie jemanden sehen, der Schmerzen hat. Schon der Anblick eines Unfalls kann bei einem Unfallzeugen einen stechenden, durch Mark und Bein gehenden Schmerz auslösen. Anscheinend reagiert jede einzelne Zelle auf das vom Gehirn empfangene Bild, und ein plötzlicher Adrenalinstoß geht durch den ganzen Körper. Normalerweise nehmen wir die Botschaften, die unsere Körperzellen ständig empfangen, nicht wahr, es sei denn, das Signal wird verstärkt, wie das beispielsweise beim Schock der Fall ist. In Wirklichkeit empfangen unsere Zellen jedoch ständig Signale, und weil das Baby in der Gebärmutter ein Teil des Körpers der Mutter ist, empfängt es ebenfalls all diese Botschaften.

Zweitens fällt es mir nicht schwer, die Aussage von Dr. Lake zu glauben, weil ich entsprechende Erfahrungen sowohl im Einzelgespräch als auch bei größeren Veranstaltungen mit Ratsuchenden gemacht habe. Mein Kollege und ich haben Menschen seelsorgerlich begleitet, die durch die Souveränität des Heiligen Geistes in ihrer Vorstellung noch einmal in den Mutterleib zurückgekehrt sind und eine ganze Palette bisher unterdrückter Empfindungen noch einmal durchlebten. In manchen Fällen empfindet die betreffende Person Unbehagen in der Magengegend und zerrt an einer imaginären Nabelschnur in dem Versuch, dem Eindringen von schlechten Empfindungen zu entfliehen.

Dr. Lake kommt bei der Auswertung und Zusammenfassung von Ergebnissen einer Untersuchung an 1200 Versuchspersonen zur Identifizierung des sogenannten „Maternal Foetal Distress Syndrome": „Der emotionale Zustand der schwangeren Frau wird auf den Fötus übertragen. Ihre Freude und das Erkennen ihres veränderten Zustandes führt zur Freude des Fötus, zur Kenntnis genommen worden zu sein, akzeptiert und willkommen zu sein. Wenn der Zustand der Mutter in den ersten drei Schwangerschaftsmonaten in erster Linie von Kummer geprägt ist, dann überfluten diese Empfindungen den Fötus wie eine bittere schwarze Woge."[3]

Die Aufgabe der Mutter während der Schwangerschaft

Erkennen und willkommen heißen

Auf der Grundlage der eben geschilderten Zusammenhänge scheint die erste und normale Reaktion der Mutter das Anerkennen und Willkommenheißen des Kindes zu sein. Das beginnt mit der Vermutung, schwanger zu sein. Von Tag zu Tag wächst die Sicherheit, daß sie ein Kind in sich trägt, und schließlich, nach Arztbesuch und Schwangerschaftstest, kommt der Augenblick der vollen Erkenntnis. Die Qualität dieser ersten Anerkennung und des darauf folgenden Willkommens schafft eine Grundlage für die Einstellung des Babys in bezug auf alle künftigen Begegnungen und Beziehungen.

Ich habe eine Freundin, die immer in einem Wirbel von Aktivitäten lebt. Sie ist Herz und Seele jeder Party. Stets ist sie unterwegs, um irgendeiner Freundin zu Hilfe zu eilen. Ihr Leben ist scheinbar von dem Bedürfnis beherrscht, von jedem anerkannt und geliebt zu werden. Jedes Jahr im Juli scheint diese Aktivität geradezu zwanghafte Formen anzunehmen, und einmal erlitt sie während einer solchen Phase fast einen Zusammenbruch. Kürzlich wurde meine Freundin während eines gemeinsamen Gebetes gefragt, wann sie geboren sei. Da ihr Geburtstag im Dezember ist, schien es da also keinen Zusammenhang mit ihrem Problem zu geben. Während der darauffolgenden Wochen brachte die besagte Frage Lucy jedoch auf einen erstaunlichen Gedankengang. Ihre Mutter war im Frühling während einer außerehelichen Beziehung mit ihr schwanger geworden. Während dieser Zeit war ihr Mann auf Reisen gewesen und erst im Juli nach Hause zurückgekehrt, als sie bereits im vierten Monat schwanger gewesen war. Er hatte sie vor die Entscheidung gestellt, entweder auf das Kind oder auf ihn zu verzichten. So war Lucys Mutter gezwungen worden, das Kind zur Adoption freizugeben. Langsam begann meine Freundin, die Bedeutung dieser Fakten zu begreifen. Während dieser entscheidenden Zeit ihrer vorgeburtlichen Entwicklung war sie abgelehnt statt willkommen geheißen worden. Das hatte in ihr ein Fundament gelegt, das von jeher ihr Denken und Verhalten beherrscht hatte. Diese Erkenntnis erleichterte sie sehr. Endlich hatte sie es mit einem konkreten Problem zu tun und nicht mehr mit völlig irrationalen Verhaltensweisen, über die sie keine Kontrolle hatte.

Die Anerkennung und das Willkommen durch diejenigen, mit denen wir besonders eng verbunden sind, haben fundamentale Bedeutung für die Entwicklung eines gesunden Selbstbildes. Unser ganzes Leben lang ist ein herzliches Willkommen durch Menschen unserem Wohlbefinden wahrscheinlich zuträglicher als ein Arztbesuch.

Unsere kleinen Enkelsöhne beherrschen die englische Kunst des Gefühleversteckens noch nicht! Wenn wir sie besuchen, dann bringen sie ihre Empfindungen offen und spontan zum Ausdruck. Sie kommen mit ausgestreckten Armen aus dem Haus gerannt, und ihre offenen Gesichter leuchten in der Vorfreude auf einen Nachmittag des Schmusens und der ungeteilten Aufmerksamkeit ihrer Großeltern. Auch wenn wir eine anstrengende Fahrt hinter uns haben und es ein grauer Tag ist, auch wenn wir schwierige Fragen und Probleme hinter uns gelassen haben — im Augenblick eines solch herrlichen Willkommens ist das alles vergessen. Es ist, als ob die Sonne hervorkommt und die Welt völlig in Ordnung ist.

Willkommen zu sein ist also von großer Bedeutung für unser Wohlbefinden.

Die allererste Erfahrung dieses Willkommenseins durch die Mutter kann von grundlegender Bedeutung sein für die zukünftige Lebenseinstellung des Kindes.

Die perfekte Gastgeberin

Wenn die erste Aufgabe der Mutter darin besteht, das Kind vollständig anzuerkennen und willkommen zu heißen, dann sollte die Erfüllung der nächsten Aufgabe ganz natürlich folgen. Sie besteht darin, diesem erstaunlichen kleinen Gast eine gute Gastgeberin zu sein. Sie muß sich auf das körperliche, emotionale und geistliche Wohlergehen ihres Babys konzentrieren. Ihr Leib ist in den nächsten acht Monaten das Zuhause des Babys. Genauso, wie es in dieser Zeit körperlich wächst, nimmt auch sein Bewußtsein zu. Mit sechs Monaten kann es hören und reagieren. Wenn es soweit ist, muß die Mutter in der Anerkennung der Existenz ihres Babys offener und eindeutiger geworden sein. Sie sollte sich die Zeit nehmen, sich den Bauch zu massieren und mit dem Baby zu reden, denn das fördert das Wohlbefinden des Kindes und gibt ihm Vertrauen in die sichere Gegenwart der Mutter.

Unsere jüngste Tochter Tasha ist gerade jetzt, wo ich diesen Abschnitt schreibe, im sechsten Monat schwanger. Vor kurzem traf sie ihre Schwester Debby wieder, nachdem die beiden sich ein paar Monate lang nicht gesehen hatten. Sie saßen plaudernd in der Küche zusammen, als Debby plötzlich ihre Hände auf Tashas Bauch legte und sagte: „Und jetzt muß ich erst mal dein Baby kennenlernen." Sacht strich sie über Tashas Bauch und sprach dabei ruhig und sanft.

Eine Beziehung herstellen

Dr. Verney erzählt die traurige Geschichte von Kristina, einem kräftigen neugeborenen Mädchen, das sich von seiner Geburt an weigerte, an der Brust seiner Mutter zu trinken. Zunächst dachte die Gynäkologin, das Kind sei krank, aber als sie dem Neugeborenen ein Fläschchen mit Babynahrung anbot und das Kind die Nahrung annahm, hielt sie die Ablehnung für eine vorübergehende Reaktion. Am folgenden Tag lehnte Kristina jedoch erneut die Muttermilch ab und drehte immer wieder den Kopf von der Brust weg. So entschloß sich die Ärztin zu einem Versuch. Sie gab das Kind einer anderen stillenden Mutter, und ohne zu zögern saugte Kristina, „was das Zeug hielt". Daraufhin stellte die Ärztin der Mutter einige Fragen über den Schwangerschaftsverlauf. Es stellte sich heraus, daß sie die Schwangerschaft eigentlich nicht gewollt hatte und ursprünglich hatte abtreiben wollen. „Aber mein Mann wollte das Kind. Nur deshalb habe ich es ausgetragen", berichtete sie der Ärztin. Dr. Verney erklärt dazu: „Kristina ist sich der Ablehnung durch die Mutter sehr bewußt gewesen. Nach ihrer Geburt weigerte sie sich, eine Beziehung zur Mutter einzugehen, weil sich zunächst die Mutter geweigert hatte, eine Beziehung zu ihrem ungeborenen Kind aufzubauen. Kristina war im Mutterleib emotional ausgeschlossen gewesen, und nun, im Alter von nicht einmal vier Tagen, war sie entschlossen, sich selbst auf jede nur erdenkliche Weise vor ihrer Mutter zu schützen."[4]

Die letzten drei Schwangerschaftsmonate sind sowohl für die Mutter als auch für das Kind von entscheidender Bedeutung. Das Aufbauen der Beziehung zwischen Mutter und Kind sollte bereits während der Schwangerschaft beginnen, denn wie wir am Beispiel von Kristina erkennen, stellt das Baby keine Beziehung her zu einer Mutter, der es nicht willkommen ist. Die Mutter muß in diesem Prozeß des Aufbaus einer Beziehung vorangehen. Das Baby kann die Beziehung unmöglich allein aufbauen. „Wenn die Mutter sich emotional verschließt, fühlt sich das Kind verloren", sagt Dr. Verney.[5] Nach sechs Schwangerschaftsmonaten ist das Ungeborene eine kleine Persönlichkeit mit eigenen Empfindungen — „ein Fötus, der sehen, hören, schmecken und auf sehr einfache Weise sogar im Mutterleib lernen kann."[6] Deshalb sollte die Mutter in diesen letzten drei Schwangerschaftsmonaten ihrem Kind ganz besonders viel Aufmerksamkeit widmen. „Seine Forderungen sind keineswegs unvernünftig: Alles, was es will, ist Liebe und Aufmerksamkeit, und wenn es die bekommt, folgt alles andere, einschließlich des Aufbaus einer Beziehung zur Mutter, auf ganz natürliche Weise."[7]

Während der Schwangerschaft sollte es also das Hauptanliegen der Mutter sein, dem Baby in ihrem Bauch das Gefühl des Willkommenseins zu vermitteln, den Prozeß des Herstellens einer Beziehung in Gang zu bringen und weiterzuführen, und, soweit das möglich ist, ein sicheres, friedliches Nest für das Baby herzurichten, wo es seine erste zentrale Aufgabe erfüllen kann, nämlich zu wachsen.

Die Aufgabe des Babys

Das oberste Ziel des Neugeborenen besteht darin, Nahrung zu sich zu nehmen und sein Grundvertrauen (Urvertrauen) zu entwickeln. Eine harmonische, ruhige Umgebung ermöglicht es dem Säugling, genügend Nahrung aufzunehmen. Das ist nur der Beginn einer langen Phase völliger Abhängigkeit. Das Baby kann überhaupt nichts selbst tun, und so hängt sein Leben von der Fürsorge anderer Menschen ab. Wenn es in diesem Entwicklungsstadium zu einer angenehmen und vertrauensvollen Abhängigkeit kommt, bedeutet das für spätere Jahre, daß der Teenager oder Erwachsene frei sein wird von quälender Abhängigkeit von anderen oder von einer ebenso unguten Distanziertheit oder gar Beziehungsunfähigkeit. Wenn das Kind jedoch in seinen ersten Lebensmonaten im Mutterleib von einer Flut negativer Empfindungen der Mutter überschwemmt oder von lauten, ärgerlichen Geräuschen in seiner Umgebung gestört und verschreckt wird, dann kann es diese wichtigen vorgeburtlichen Aufgaben nicht bewältigen. Statt dessen wird ein anderes Fundament für die Wurzeln seiner Persönlichkeit gelegt. Es lernt, daß man sich nur unter seelischen Schmerzen an jemanden binden und nur mit großem Unbehagen etwas annehmen kann. Grundvertrauen ist für ein solches Kind etwas Unnatürliches.

Wenn die Aufgabe der Mutter in erster Linie in der Versorgung des Babys besteht und die oberste Aufgabe des Babys, diese Versorgung anzunehmen, wo bleibt dann der Vater? Hat er seine Schuldigkeit getan, wenn er seinen Beitrag bei der Befruchtung der Eizelle geleistet hat? Ist es allein Sache der Mutter, ein gesundes Baby zur Welt zu bringen?

Die Aufgabe des Vaters

„Ich bin darin guter Zuversicht, daß der in euch angefangen hat das gute Werk, der wird's auch vollenden bis an den Tag Christi Jesu" (Phil 1,6).

Wenn durch Gott ein Mensch von neuem geboren wird, dann zieht Gott sich nicht einfach zurück und hat dann mit diesem Menschen nichts mehr zu tun. Er kümmert sich um das, was er begonnen hat. Gott ist unser Vater im Himmel, und er ist unser Vorbild, was liebevolle Elternschaft angeht. Wir werden in den folgenden Kapiteln feststellen, daß die Fürsorge, mit der Gott uns umgibt, sowohl weibliche als auch männliche Aspekte enthält. Aber auch wenn wir in der Bibel mütterliche Züge an Gott entdecken können, so dominiert doch das Bild von Gott als Vater. Wenn wir einmal seine Beziehung zu seinem Volk Israel von der Schöpfung bis zur Entstehung der ersten Gemeinden verfolgen, dann fällt auf, wie kontinuierlich er an ihrem Leben Anteil nimmt. Oft hat diese Anteilnahme sehr männliche Züge, beispielsweise darin, wie er zunächst die Erde erschafft, dann sein Volk erwählt, wie er Priester, Propheten und Könige einsetzt, seinen Sohn sendet und seine Gemeinde bevollmächtigt. Wir erfahren, wie er in Gang setzt, führt, beschützt, bestraft, unterstützt und bevollmächtigt, alles eher männliche Tätigkeiten, die einem Vater zugeordnet werden. Diese Art des Handelns schließt aber keineswegs aus, daß Gott auch die weibliche Rolle des Versorgens und der liebevollen Fürsorge für seine Kinder einnimmt. Und ganz sicher sollte auch kein irdischer Vater von der eher der Frau zugeordneten Aufgabe der Versorgung ausgeschlossen werden.

Beschützen und unterstützen

Es ist der Mann, der die körperliche Vereinigung initiiert. Eines von Millionen Spermien erreicht die Eizelle der Frau, und sie empfängt ein neues Leben. In den folgenden neun Monaten soll sich der Vater keineswegs als passiver Zuschauer in den Hintergrund zurückziehen. Wie Gott an seiner Schöpfung weiterhin Anteil genommen hat und Anteil nimmt, so muß auch der Menschenvater weiterhin aktiv Anteil nehmen, wie es seinem Wesen und seiner Identität als Mann entspricht — nämlich als Beschützer und Unterstützer. Es ist seine Aufgabe, für seine Frau eine Umgebung zu schaffen, in der sie das in ihr heranwachsende Baby versorgen kann. Sie muß darin von ihrem Mann, der wie ein Wächter zwischen seiner entstehenden Familie und der sie umgebenden größeren Gemeinschaft steht, ermutigt und unterstützt werden. Er sollte das Zuhause vor allen Übergriffen und Störungen von außen schützen, die den Frieden innerhalb der Grenzen der Familie bedrohen könnten. In der werdenden Mutter findet das Wunder der Schöpfung statt, und der Vater sollte dafür sorgen, daß die Schwangerschaft unter den bestmöglichen Bedingungen verlaufen kann.

Der Aufbau einer Beziehung zwischen dem Vater und dem Ungeborenen

Der Vater spielt während der ganzen Schwangerschaft eine entscheidende Rolle und ist alles andere als überflüssig. Seine Frau braucht seine Nähe ebenso wie das Baby. Das winzige Geschöpf muß sich an die Stimme und die Berührung des Vaters gewöhnen. Es braucht die Anerkennung und das Willkommen vom Vater genauso wie von der Mutter.

Als unsere Tochter Charlotte und ihr Mann Chris ihr erstes Kind erwarteten, saß Chris abends oft nah bei seiner Frau, legte seine Hand auf ihren Bauch und redete mit dem Baby. Mit der Zeit stellten sie fest, daß sich das Kind dann bewegte und offenbar die Nähe und Wärme der Hand des Vaters suchte.

Francis MacNutt, der selbst erst sehr spät Vater wurde, beschreibt die Vaterrolle mit offensichtlich persönlichem Vergnügen: „Erst als ich mich mit der Entstehung des Kindes beschäftigte, wurde mir klar, daß das Zweitwichtigste für das zukünftige Glück des Kindes, nach der Liebe der Mutter, die Liebe des Vaters zu seiner Frau und zu seinem ungeborenen Kind ist."[8]

Eine glückliche und harmonische Ehe ist die beste Umgebung für ein Baby, sowohl in bezug auf die Zeit vor der Geburt als auch danach. Gottes Idealvorstellung von der Ehe ist das Einssein. „Darum wird ein Mann seinen Vater und seine Mutter verlassen und seinem Weibe anhangen, und sie werden sein ein Fleisch" (Gen 2,24). Der Mann und die Frau haben gemeinsam das Kind hervorgebracht, und sie müssen ebenso gemeinsam eine Umgebung schaffen, in der dieses Baby bis zur Geburt wachsen kann.

Aber leider sind wir ja aus dem Paradies vertrieben worden und haben keinen Zugang mehr zu dieser Vollkommenheit. Auch wenn ein Großteil der Schmerzen und Gefahren des Kinderbekommens inzwischen durch die weit fortgeschrittene Wissenschaft ausgeschaltet werden kann, leben wir dennoch in einer gefallenen Welt, vor der niemand vollständig beschützt werden kann.

Geburtstraumata

Bei der Mutter

Vielleicht haben sich manche Frauen beim Lesen dieses Kapitels an ihre eigene(n) Schwangerschaft(en) erinnert. Mein erstes Kind wurde nach Wochen der Krankheit und Ängste sechs Wochen zu früh geboren. Eigentlich hatte daran niemand richtig schuld, auch wenn mein Unwissen, meine Unreife und die Flüchtigkeit eines überarbeiteten Arztes sicher dazu beigetragen haben.

In der Beratung und Seelsorge haben wir es relativ häufig mit Frauen zu tun, die während einer Schwangerschaft unvermeidbare Probleme hatten. Vielleicht war auch Ihre Schwangerschaft unerwartet oder gar unerwünscht. Vielleicht empfanden Sie in den ersten Schwangerschaftswochen überwiegend Ablehnung und Verbitterung. Die Ehe ist nicht für jeden der Himmel auf Erden, und vielleicht haben Sie neun Monate voller Angst und Anspannung durchgemacht. Mütter und ihre ungeborenen Kinder sind nicht selten Opfer von Mißhandlungen und Gewalttätigkeit. Bei anderen waren die Schwangerschaftsmonate vielleicht von Geldsorgen, Wohnungsnot oder drohender Arbeitslosigkeit des Mannes überschattet.

Wenn Sie immer noch mit Trauer, Schmerz oder Schuldgefühlen statt mit Freude auf Ihre Schwangerschaft(en) zurückblicken, dann sollten Sie sich vielleicht ein stilles Plätzchen suchen, allein oder mit einer Person Ihres Vertrauens, und Gott bitten, Sie zu heilen. Die Vorschläge am Ende dieses Kapitels können Ihnen dabei helfen, Zugang zu der Heilung zu bekommen, die Gott für Sie bereithält.

Beim Baby

Aber häufiger noch beten wir für Menschen, die selbst als ungeborene Kinder in diesen frühen Anfängen irgendwann Schaden genommen haben. Auch wenn die Wurzeln ihrer Probleme nicht in der vorgeburtlichen Zeit liegen, so haben wir doch herausgefunden, daß es eine erleichternde und reinigende Wirkung hat, wenn wir mit betroffenen Menschen zusammen die vorgeburtliche Zeit im Mutterleib durchbeten.

Ich erinnere mich daran, wie ich einmal mit einer Frau gebetet habe, die unter Depressionen litt. Wir hatten mehrere Monate lang immer wieder mit ihr gesprochen und gebetet, und die Wurzel ihrer Probleme lag ganz offensichtlich in einem späteren Entwicklungsstadium. Aber dieses eine Mal hatte ich den Eindruck, Gott wollte, daß ich gemeinsam mit der Frau gedanklich in ihre vorgeburtliche Zeit im Mutterleib zurückkehrte, um die neun Monate, die sie dort verbracht hatte, zu durchbeten. Während dieses Gebetes geschah nichts Dramatisches, aber als wir fertig waren, war die Frau eine ganze Weile sehr still. Plötzlich blickte sie auf, sah uns an und sagte: „Ich bin so glücklich!"

Wie wir ja bereits festgestellt haben, prägt „jeder Kummer der Mutter, welchen Ursprung er auch immer haben mag, auch den Fötus".[9] Ein solcher Kummer kann lebenslang an uns haften und dazu führen, daß wir anderen Menschen gegenüber mißtrauisch sind, daß wir unfähig sind, von anderen etwas anzunehmen oder ein positives Selbstbild zu entwickeln. Wenn Sie mit solchen Problemen zu kämpfen haben oder wenn Sie von besonderen Ängsten oder Schwierigkeiten wissen, die Ihre Mutter während der Schwangerschaft mit Ihnen hatte, dann können Ihnen vielleicht die folgenden Übungen und Gebete helfen. Bei manchen Menschen genügt es, wenn sie allein die Stille suchen und Gott an sich wirken und arbeiten lassen, andere brauchen die Hilfe eines/einer Freundes/Freundin oder Seelsorgers/Seelsorgerin. Wenn Sie der Meinung sind, solche vorgeburtlichen Nöte könnten auch in Ihrem Leben zu sehr großen Problemen geführt haben, dann brauchen Sie einen „Ort der Geborgenheit", wo Sie es wagen können, sich auf den Prozeß der Heilung einzulassen.

Arbeitsteil

Für Mütter

War(en) Ihre Schwangerschaft(en) von Krankheit oder negativen Empfindungen überschattet?
Wenn das der Fall ist, suchen Sie sich einen ruhigen Platz, entweder allein oder mit einem Menschen Ihres Vertrauens.

1. Bitten Sie Gott zunächst um seine Gegenwart. Bitten Sie ihn, mit seinem Schutz um Sie zu sein.
2. Erzählen Sie Gott laut, was Sie gedacht und empfunden haben, als Sie zum erstenmal den Verdacht hatten, Sie könnten schwanger sein.
3. Wenn diese Gedanken und Empfindungen jetzt zutage kommen, gestatten Sie es sich, sie vollständig zum Ausdruck zu bringen.

4. Wenn diese Gedanken und Empfindungen jetzt offenliegen, fangen Sie an, jedem zu vergeben, der Ihnen in der Schwangerschaft Schmerzen zugefügt oder Probleme bereitet hat. Bitten Sie Gott um Vergebung für jede Verfehlung, die Sie während der Schwangerschaft an dem Kind oder anderen Menschen begangen haben.

5. Bitten Sie Jesus, die emotionalen Wunden zu heilen, die durch dieses Trauma zurückgeblieben sind. Geben Sie ihm Zeit, das auf seine Weise zu tun.

6. Beten Sie um die Möglichkeit, mit Ihrem Kind über seine ersten Tage und Monate zu sprechen, und bitten Sie es um Vergebung für jede mögliche Verletzung, die sie ihm unabsichtlich zugefügt haben könnten.

7. Öffnen Sie sich auch in den kommenden Tagen und Wochen der heilenden Liebe Gottes.

Für das Baby

1. Haben Sie Schwierigkeiten damit,
   - Ihrer Umgebung und den Menschen um Sie herum zu vertrauen?
   - Liebe und Zuneigung anzunehmen?
   - von anderen angenommen zu sein?
   - innige Beziehungen mit den Menschen in Ihrer Umgebung zu haben?
   - Schuldgefühle zu verspüren, für die Sie keinen Grund erkennen können?
   - jemanden ohne besondere Einladung anzurufen oder zu besuchen?

2. Schreiben Sie alles auf, was Sie über die Umstände Ihrer Empfängnis und der vorgeburtlichen neun Monate wissen. Waren Sie geplant, erwünscht, willkommen? War Ihre Mutter glücklich und ging es ihr während der Schwangerschaft gut? Hatte sie die volle Unterstützung Ihres Vaters?

3. Mit den Erkenntnissen aus den Fragen 1 und 2 durchbeten Sie nun mit der Person Ihres Vertrauens die neun Monate im Mutterleib. Lassen Sie sich dabei Zeit, damit Empfindungen an die Oberfläche kommen und zum Ausdruck gebracht werden können.

Oder:
Wenn Sie keine Fakten haben, mit denen Sie arbeiten könnten, dann durchbeten Sie langsam die neun Schwangerschaftsmonate und bitten Sie den Heiligen Geist, dabei alles ans Licht zu bringen, von dem er meint, es bedürfe der Heilung.

4. Vielleicht gefällt Ihnen auch eine andere Übung besser, bei der es darum geht, in der eigenen Vorstellung eine Reise ins „Verborgene" zu machen (Ps 139,15). Auf den vielen Reisen dieser Art, bei denen ich dabei bin, spreche ich vor Beginn normalerweise das folgende Gebet:

„Christus mit mir, Christus in mir,
Christus hinter mir, Christus vor mir,
Christus neben mir, Christus, um mich zu gewinnen,
Christus, um mich zu trösten und aufzurichten,
Christus unter mir und Christus über mir,
Christus in der Ruhe, Christus in der Gefahr,
Christus im Herzen all derer, die mich lieben,
Christus im Munde des Freundes und des Fremden."
(St. Patricks Brustschild.
Übersetzung ins Englische von C.F. Alexander)

Ihre Reise steht unmittelbar bevor. Starten Sie also, indem Sie das Gebet des St. Patrick langsam nachsagen und der Wahrheit Raum geben, daß Jesus mit Ihnen unterwegs ist.

Die Reise (unter der Leitung einer Person Ihres Vertrauens):
Stellen Sie sich vor, Sie schwimmen in klarem Wasser.
Tauchen Sie unter die Wasseroberfläche.
Tauchen Sie weiter nach unten zu einer geheimen, unterirdischen Höhle.
Schwimmen Sie in die Höhle hinein.
Schauen Sie sich um. Was sehen Sie?
Lassen Sie sich Zeit, die Wände und die Beschaffenheit der Höhle wahrzunehmen. Achten Sie auf ihre Körperempfindungen. Ist da irgendwo Schmerz oder Unbehagen?
Was für Empfindungen haben Sie? Sind Sie ängstlich, besorgt, zornig, glücklich, zufrieden, traurig?
Lassen Sie Ihre Empfindungen zu und gestatten Sie diesen Empfindungen zu wachsen. Versuchen Sie, ihnen durch einen Laut Ausdruck zu verleihen.
Beachten Sie, daß die Höhle keinen Ausgang hat.
Was empfinden Sie dabei?

Jetzt hören Sie Geräusche außerhalb der Höhle.
Lassen Sie Ihre Reaktion auf diese Geräusche zu.
Machen Sie sich die Gegenwart Gottes in der Höhle bewußt.
„Wohin soll ich gehen vor deinem Geist,
und wohin soll ich fliehen vor deinem Angesicht?
Führe ich gen Himmel, so bist du da;
bettete ich mich bei den Toten, siehe, so bist du auch da" (Ps 139,7f).
Jesus ist mit seinem Geist bei Ihnen.
Begeben Sie sich in seine Gegenwart, sein Willkommen und seinen Schutz.
Tauschen Sie aus, was Sie bei ihm erleben.
Geben Sie alle negativen Empfindungen, die Sie in sich spüren, an ihn ab.
Lassen Sie sich von ihm dafür etwas anderes geben.

5. Schreiben Sie jetzt die Empfindungen, neue Erkenntnisse oder empfangene Heilung auf. Sind Ihnen irgendwelche damals entstandenen Grundeinstellungen bewußt geworden, die Sie jetzt als vor Gott falsch erkannt haben und die verändert werden müssen?
Widerrufen Sie diese falschen Einstellungen, bitten Sie Gott, Ihnen zu vergeben und Ihnen zu helfen, zu neuen Einstellungen zu gelangen.

6. Nehmen Sie sich Zeit, jedem zu vergeben (einschließlich Ihrer Mutter, wenn das nötig ist), der Ihnen während der neun Monate im Mutterleib Schmerzen zugefügt hat.

7. Nehmen Sie sich in den kommenden Tagen und Wochen Zeit, über das Wort Gottes zu meditieren:
„Denn du hast meine Nieren bereitet
und hast mich gebildet im Mutterleibe.
Ich danke dir dafür,
daß ich wunderbar gemacht bin;
wunderbar sind deine Werke;
das erkennt meine Seele.
Es war dir mein Gebein nicht verborgen,
als ich im Verborgenen gemacht wurde,
als ich gebildet wurde unten in der Erde.
Deine Augen sahen mich,
als ich noch nicht bereitet war."
(Ps 139, 13-16)

Begeben Sie sich in die Gegenwart Gottes und machen Sie sich bewußt, wie sein Blick auf Ihnen ruht. Erkennen Sie in seinem Blick die Anerkennung und das Willkommen, das Ihnen gilt.

Als Jesus sah, wie Nathanael sich näherte, sagte er über ihn:
„Siehe, ein rechter Israelit, in dem kein Falsch ist.
Nathanael spricht zu ihm: Woher kennst du mich? Jesus antwortete und sprach zu ihm: Bevor Philippus dich rief, als du unter dem Feigenbaum warst, sah ich dich.
Nathanael antwortete ihm: Rabbi, du bist Gottes Sohn, du bist der König von Israel" (Joh 1,47-49).

Versetzen Sie sich an die Stelle Nathanaels und stellen Sie sich vor, wie Sie auf Jesus zugehen. Erkennen Sie in Jesu Blick, daß Sie von ihm angenommen sind. Hören Sie, wie er Sie willkommen heißt.

4. Eine gefährliche Reise
(Die Geburt)

„*Und zum Weibe sprach er: Ich will dir viel Mühsal schaffen, wenn du schwanger wirst; unter Mühen sollst du Kinder gebären...*"
(Gen 3,16)

„*Eine Frau, wenn sie gebiert, so hat sie Schmerzen, denn ihre Stunde ist gekommen. Wenn sie aber das Kind geboren hat, denkt sie nicht mehr an die Angst um der Freude willen, daß ein Mensch zur Welt gekommen ist.*"
(Joh 16,21)

Für die Frau ist es extrem schwere Arbeit, ein sieben bis acht Pfund schweres Kind zur Welt zu bringen! Und ebenso kann es für den Vater sehr anstrengend sein, wenn er bei der Geburt dabei ist. Aber auch für das Kind ist die Geburt ein traumatisches Erlebnis. Dr. Frank Lake beschreibt diesen manchmal katastrophenähnlichen Vorgang mit sehr viel Einfühlungsvermögen.

„Für die meisten Menschen ist der Geburtsvorgang zwar hart, aber noch erträglich, für andere kann er aber in seiner Destruktivität verheerend sein. Umwälzende Muskelkontraktionen verwandeln einen friedlichen Himmel in eine zusammenstürzende Hölle. Diese ‚Stop-hier-ist-kein-Ausgang'-Phase, bevor der Muttermund sich zu öffnen beginnt, kann mehrere Stunden dauern. Die nächste Station der Reise durchs Becken ist im besten Falle ein harter Kampf, im schlimmsten Fall eine schreckliche hirnzerstörende, erstickende, zerrende, verdrehende, zerdrückende Folter, durch die der Lebenswille des Kindes ausgelöscht werden und einer Todessehnsucht weichen kann. Die Gefahren eines Geburtsstillstandes, des Eingeklemmtseins, lange Verzögerungen durch Wehenschwäche oder eine Sturzgeburt durch wehenfördernde Mittel, Komplikationen wie zum Beispiel die Situation, daß sich die Nabelschnur um den Hals des Kindes gewickelt hat, oder ein plötzlich notwendiger Kaiserschnitt — all diese Möglichkeiten tiefgreifender, ja katastrophaler Entmutigung können in dieser Phase der Geburt auftreten."[1] Nicht jede Geburt ist so traumatisch, und viele Menschen, die eine traumatische Geburt erlebt haben, werden durch die liebevolle Fürsorge ihrer Eltern von diesem Trauma geheilt.

Die Wehen aus der Sicht der Mutter

Die Wehen sind für die Mutter harte Arbeit. Ihre Aufgabe besteht zum einen in der Zusammenarbeit mit ihrem Körper, zum anderen in der Zusammenarbeit mit Hebamme und Arzt. Je ruhiger und entspannter sie bleiben kann, desto besser kann sie die erlernten Atemtechniken anwenden und desto schneller und leichter verläuft die gesamte Geburt. Angst und Sorge verstärken die Muskelanspannung, diese wiederum verstärkt die Schmerzen der Mutter, und die Reise des Kindes auf die Welt verzögert sich entsprechend. Während der Eröffnungswehen, also vor dem Beginn des Pressens, das schließlich alle Kräfte der Mutter fordert, sollte sie sich auf jede Wehe einlassen und sie beatmen, gleichzeitig sollte sie aber auch beruhigend auf das Kind einwirken. In ihrem Buch „Praying for your Unborn Child" („Beten für das ungeborene Kind", Anm. d. Übers.) machen Francis und Judith MacNutt eine hilfreiche Beobachtung. „Während des ganzen Eröffnungs- und Austreibungsvorgangs sollten sowohl die Mutter als auch der Vater des Kindes für das Kind dasein und es sanft durch den Geburtskanal leiten. Durch dieses gleichbleibend liebevolle Dasein der Eltern für ihr Kind wird der Wehenschmerz kontinuierlich verringert, und die Geburt ist sehr viel leichter."[2]

Die Wehen aus der Sicht des Vaters

Die Geburt ist die Aufgabe zweier Menschen, der Mutter und des Kindes. Der Vater kann zwar, genauso wie Arzt und Hebamme, helfen, aber nur die Mutter kann das Kind in diese Welt hineinpressen, und nur das Kind kann einen starken Lebenswillen beweisen und sich im Kampf der Geburt behaupten. Die Gegenwart des Vaters während dieses Vorgangs ist jedoch gleichermaßen wichtig für Mutter und Kind. Er ist aufs Innigste und unauflöslich an diesem Vorgang beteiligt. „Ohne ihn hätte ich es nicht geschafft", sagen viele Frauen nach der Entbindung. Bei den Entbindungen unserer beiden in England geborenen Kinder war mein Mann David dabei, bei den beiden Geburten in Südamerika mußte er den Kreißsaal in der Schlußphase der Geburt verlassen, für den Fall, daß er, wie es offenbar vielen südamerikanischen Vätern ergeht, in Ohnmacht fallen oder sich zu sehr aufregen würde. Ich habe damals seine tröstende und motivierende Gegenwart sehr vermißt.

Während seine Frau unglaublich hart arbeitet, sollte der werdende Vater ihr körperlich und seelisch die ganze Zeit zur Seite stehen. Es ist seine Aufgabe, sowohl die Mutter als auch das Baby zum Weitermachen zu motivieren und ihnen Sicherheit zu vermitteln. Am Ende der neun Schwangerschaftsmonate kennt das Baby die Stimme und die Berührung des Vaters, und es profitiert ganz gewiß von seiner beruhigenden Gegenwart. Vor und während der Entbindung sollte das Baby die wunderbare Sicherheit und Geborgenheit durch einen Mann erleben. „Und Gott schuf den Menschen zu seinem Bilde, zum Bilde Gottes schuf er ihn; und schuf sie als Mann und Weib" (Gen 1,27). Mann und Frau gemeinsam sind für das Baby die perfekte Umgebung. Der starke Schutz und die ständige Versorgung, die zärtliche Fürsorge und die liebevolle Erziehung, das alles sollte gegeben sein. Durch die Eltern bekommt das kleine Kind seinen ersten Eindruck vom Wesen Gottes. Eine positive Gottesbeziehung im späteren Leben ist von diesen ersten Erfahrungen mit den Eltern, besonders aber mit dem Vater, mit abhängig.

In der Endphase der Entbindung ist der Vater auch rein physisch stärker beteiligt, denn jetzt unterstützt er seine Frau und hilft ihr dabei, die erlernten Atemtechniken bis zum Schluß einzusetzen. Seine Gegenwart ist eine erhebliche Motivation für sie, und wenn das Baby dann geboren ist, sollte es das Vorrecht des Vaters sein, es seiner Frau in die Arme zu legen. Danach können dann beide Eltern gemeinsam beginnen, die Beziehung zu ihrem Kind, das sie ja in den vergangenen Monaten bereits ein wenig kennengelernt haben, weiter zu vertiefen.

Die Geburt aus der Sicht des Kindes

„Wie jemand geboren wird — ob schmerzhaft oder leicht, glatt oder ungestüm —, bestimmt weitgehend, was aus ihm wird und wie er die Welt um sich herum betrachtet. Ob er fünf, zehn, vierzig oder fünfzig Jahre alt ist, ein Teil von ihm wird die Welt immer mit den Augen des Neugeborenen betrachten, das er einmal war. Aus diesem Grund bezeichnete Freud die Freude und den Schmerz, die die Geburt begleiten, als ‚primäre Emotionen', denen sich niemand gänzlich entziehen kann."[3]

Manche Babys brauchen sehr lange, um auf die Welt zu kommen, und eine solche Verzögerung kann beim Neugeborenen extremes Unbehagen verursachen. Eine Frau war ihr ganzes Leben lang wütend auf ihre Mutter, und erst nachdem sie ihre Geburt noch einmal gedanklich durchlebt hatte, konnte sie ihren Zorn verstehen und ihrer Mutter vergeben, daß diese für einen Geburtsstillstand und die damit verbundene lange Wartezeit des Kindes im Geburtskanal verantwortlich war. Ich war einmal dabei, wie ein junger Mann seine Geburt noch einmal durchlebte, und am Ende war ich selbst erschöpft allein vom Zuschauen, wie er verzweifelt darum kämpfte, dem engen Ort zu entkommen.

Der Lebenswille des Kindes muß so stark sein, daß es alle Hindernisse wegdrückt und darum kämpft, das erschreckende, unbekannte Leben außerhalb des Mutterleibes zu beginnen. Es braucht die volle Unterstützung der Mutter (und wenn möglich auch des Vaters), wenn es diese Aufgabe bewältigen soll, ohne dabei Schaden zu erleiden wie beispielsweise unterdrückte Ängste und Schmerzen, die später in seinem Leben zu Problemen führen können: etwa Klaustrophobie, Platzangst, Trennungsängste, Überängstlichkeit und Panikanfälle. Neun Monate lang ist das Baby mit seiner Mutter allein gewesen, hat jeden Herzschlag gehört und das Gurgeln und Gluckern des Verdauungssystems. Es hat sich in der Mutter bewegt, hat sich in ihr ausgeruht, hat sie sprechen, singen und weinen gehört. Es ist körperlich und emotional ein Teil von ihr gewesen, und dann wird es innerhalb nur weniger Stunden von ihr getrennt, tut seinen ersten Atemzug, macht plötzlich die Erfahrung von Raum, es erfährt, was Schwerkraft ist, spürt warm und kalt, fühlt starke, aber unbekannte Hände an sich, es hört laute, fremde Geräusche und blickt in grelles Licht. All das ist für ein Neugeborenes bereits traumatisch, aber wahrscheinlich wird es dann zu allem Überfluß auch noch in ein eigenes Bettchen gelegt und von der Mutter getrennt und schreit dann ganz allein irgendwo in einer ihm völlig fremden Welt.

Viele Menschen, die wir beraten, leiden unter Trennungsängsten. Manche dieser geschädigten Persönlichkeiten zeigen eine Art hysterische Reaktion, die sich in der Angst vorm Verlassenwerden ausdrückt. Solche Menschen brauchen ständig Aufmerksamkeit und Gesellschaft. Andere machen sich frei von diesem schmerzlichen Bedürfnis, immer jemanden zu brauchen, indem sie eine Art Schutzhaltung einnehmen, die das Eingehen von Beziehungen verhindert. Der Schrecken davor, jemals wieder jemanden zu brauchen, ist größer als die Furcht, daß irgendwann einmal niemand da sein könnte, wenn man dringend einen Menschen braucht. Dr. Charles Whitfield sagt dazu: „Die Angst, verlassen zu werden, ist auf die ersten Sekunden, Minuten und Stunden unserer Existenz zurückzuführen. In Verbindung mit der Problematik von Urvertrauen oder Urmißtrauen wird diese Angst besonders bei Kindern aus dysfunktionalen Familien sehr stark. Um also mit dieser Angst vor dem Verlassenwerden irgendwie umgehen zu können, mißtrauen wir häufig; wir sperren unsere Empfindungen aus, damit wir den Schmerz nicht empfinden."[4]

Eine unter starker Trennungsangst leidende junge Frau berichtete, daß ihre Mutter (einem damals modernen Rat folgend) sie im Kinderzimmer allein ließ, die Tür einfach zumachte und sie stundenlang allein dort schreien ließ. Jetzt, zwanzig Jahre später, gerät die junge Frau in Panik, wenn sie von jemandem verlassen wird oder sie jemanden verlassen muß. „Das Neugeborene wird vielleicht so lange allein gelassen, daß es an den Rand des Abgrundes zum Nicht-mehr-Sein gestoßen wird, indem es erst eine Phase der Trennungsangst durchmacht, schließlich in einem Augenblick des Grauens über den Rand ins Nichts fällt und alle Hoffnung auf Liebe, seinen Lebenswillen und jegliche Erwartung auf einen Zugang zu einem Stück Menschlichkeit verliert ... Aus solchen Wahrnehmungen entwickelt sich dann unsere Wahrnehmung der Welt. Unsere grundsätzlichen Erwartungen dessen, was es bedeutet, da draußen in ‚Gottes Welt' zu leben und in bezug auf liebevollen Umgang, Liebe und Barmherzigkeit vollständig auf andere angewiesen zu sein, haben hier ihren Ursprung."[5]

Heute ist es wohl auf den meisten Entbindungsstationen der Welt bekannt, daß die Nähe der Mutter für das Neugeborene nach der Geburt das Allerwichtigste ist. Deshalb legt man die Kleinen sofort nach der Entbindung auf den Bauch der Mutter. Dort können sie die vertraute Stimme der Mutter und ihren Herzschlag hören, und wenn sie dann angelegt werden, findet eine Fortsetzung der Ernährung durch die Mutter statt, zwar jetzt nicht mehr durch die Nabelschnur, aber durch die Muttermilch. Wenn das Baby sich so von der Geburt erholen kann, werden Schmerzen und Ängste, die durch eine lange, schwere Geburt entstanden sein können, schnell geheilt. Die Mutter ist vielleicht ebenfalls erschöpft, aber diese Erholungszeit mit dem Neugeborenen ist immer eine sehr schöne „Arbeit". Die meisten Mütter lieben diese ersten gemeinsamen Stunden mit ihrem Baby nach der Entbindung. Ihr Instinkt sagt ihnen, daß es so richtig und gut ist und auch zu ihrer eigenen Erholung beiträgt.

Als unser Enkel Andrew geboren wurde, war er in den ersten Tagen ständig wach und schrie ganze Nächte durch. Nach einiger Zeit war unsere Tochter Tasha so erschöpft, daß sie den Kleinen einfach zu sich ins Bett holte, wo er sofort für vier bis fünf Stunden einschlief. In seinen ersten Lebenswochen schlief er dann immer bei seiner Mutter im Bett, und solange er ganz nah bei ihr lag, war er auch ruhig und zufrieden. Schließlich gewöhnte er sich auch an seine Wiege, aber erst, als er wirklich soweit war.

Der Zusammenhang zwischen Geburtstraumata und späteren Problemen

Manche Leute stellen sehr in Frage, daß es einen Zusammenhang gibt zwischen einer langen, schweren Geburt und zwanzig Jahre später auftretenden Problemen. Dr. Lake ist jedoch davon überzeugt, daß unter der Geburt zustande gekommene Schädigungen Ursache für bestimmte Persönlichkeitsschädigungen und irrationale Ängste sind. Dr. Lake zitiert verschiedene andere Psychiater, die ebenfalls dieser Überzeugung sind, u.a. auch D.W. Winnicott, einen der anerkanntesten englischen Kinderärzte und Psychoanalytiker. Er vertritt dieselben Ansichten über die Geburt und die große Bedeutung von Geburtstraumata. „Psychiater, die seine Arbeit in allen anderen Punkten schätzen, neigen dazu, seine Veröffentlichungen über Geburtstraumata zu ignorieren."[6]

Mit dem Fortschritt in der Geburtshilfe ist auch die Anzahl der Kaiserschnitte rapide angestiegen. Dr. Verney hat bei Menschen, die durch Kaiserschnitt geboren wurden, eine Langzeitwirkung festgestellt, und zwar ein intensives Verlangen nach Körperkontakt. „Das hat seine Ursache wahrscheinlich darin, daß das Kind durch den Kaiserschnitt nicht die Empfindungen miterlebt, die ein Baby bei einer spontanen Entbindung erlebt — sowohl qualvolle Schmerzen als auch äußerste Lust. Diese sinnlichen Empfindungen sind die Vorreiter der sexuellen Empfindungen des Erwachsenen, und es ist möglich, daß ein durch Kaiserschnitt entbundener Mensch diesen Empfindungsverlust nie völlig überwindet."[7]

Ebenso können eine Steißlagenentbindung oder Schwierigkeiten im Zusammenhang mit der Nabelschnur später zu Schwierigkeiten führen.

Ein Kind, das mit einer um den Hals gewickelten Nabelschnur geboren wird, kann später an Hals- oder Sprachbeschwerden leiden.[8] Ein Frühgeborenes oder ein krankes Baby, dessen Leben an einem seidenen Faden hängt, muß nicht nur ums Überleben kämpfen, sondern hat zusätzlich unter der Trennung von der Mutter zu leiden, wenn es auf eine Frühgeborenen- oder Säuglingsstation gebracht wird. Wie ich ja bereits ausgeführt habe, wird man in den Krankenhäusern langsam klüger, was die Bedürfnisse von Neugeborenen betrifft. Man weiß inzwischen, daß sie den Körperkontakt und die Stimme der Mutter brauchen, und gestattet den Müttern deshalb in der Regel auch, bei der Pflege ihres Babys zu helfen, wenn es krank oder frühgeboren ist.

Die eigene Geburt liegt bei den meisten Menschen außerhalb ihrer bewußten Erinnerung. Neuere Untersuchungen zeigen jedoch, daß manche Menschen sich an Begleitumstände ihrer eigenen Geburt erinnern können. Diese Untersuchungsergebnisse sind ein Indiz dafür, daß das Kind seine Geburt im Bewußtsein zumindest registriert. Dr. Verney veranschaulicht das anhand der Geburt von Ricky Burke. Im Alter von sechs Jahren wurde der Junge von schrecklichen Alpträumen geplagt. Jeden Abend, kurz nachdem er eingeschlafen war, fing der Junge an, sich im Bett herumzuwälzen und mit Ausdrücken zu fluchen, die ein Kind seines Alters noch gar nicht kennen konnte. Außerdem redete er manchmal in einer fremden Sprache. Nachdem seine Mutter eine Sendung über Träume gehört hatte, die Erinnerungen an die eigene Geburt widerspiegeln, fing sie an, über die Geburt ihres Sohnes nachzudenken. Die Entbindung war sehr schwer gewesen, und das Kind war fast tot zur Welt gekommen. Der völlig übermüdete Arzt hatte geflucht, als das Baby schließlich da gewesen war, und es war sofort ein Priester herbeigerufen worden, um eine Nottaufe vorzunehmen. „Die Ursache für Rickys Alptraum war seine Erinnerung an die eigene Geburt; seine Flüche waren die Flüche des Arztes, der die Entbindung geleitet hatte, und die fremde Sprache war das Latein des Priesters."[9]

Am besten können sich Kinder zwischen zwei und drei Jahren an ihre Geburt erinnern. Nach dem dritten bis vierten Lebensjahr scheint diese Erinnerung immer mehr zu verblassen und dann für immer aus dem Bewußtsein gelöscht zu werden. Judith und Francis MacNutt berichten von einem Erlebnis mit ihrer Tochter: „Als unsere kleine Tochter Rachel drei Jahre alt war, fragte ich sie, ob sie sich an ihre Geburt erinnere. Sie nannte einige Dinge, die darauf hindeuteten, daß zumindest eine teilweise Erinnerung vorhanden war. Als erstes sagte sie: ‚Es war wie Schwimmen'. Als ich weiter nachfragte, sagte sie, es sei wie schwierige Gymnastikübungen gewesen und sie sei davon sehr müde geworden. Außerdem erinnerte sie sich an sehr helles Licht. Inzwischen ist Rachel fünf Jahre alt. Ich habe ihr die Frage nach Erinnerungen an ihre Geburt noch einmal gestellt, und jetzt erinnerte sie sich an nichts mehr."[10]

Man mag zwar keinen Zugang mehr zu den Erinnerungen an die eigene Geburt haben, aber Gott hat diesen Zugang uneingeschränkt. Ebenso wie die Kraft des Kreuzes alle Zeiten umspannt und ebenso wie die Erlösung durch den Glauben allen Menschen aller Zeiten gilt, so kann auch die heilende Kraft des Kreuzes jeden Augenblick unseres Lebens berühren, vom Augenblick der Empfängnis an bis in die Gegenwart hinein.

„Fürchte dich nicht, denn ich habe dich erlöst; ich habe dich bei deinem Namen gerufen; du bist mein! Wenn du durch Wasser gehst, will ich bei dir sein; daß dich die Ströme nicht ersäufen sollen" (Jes 43,1f).

Arbeitsteil

1. Schreiben Sie alles auf, woran sie sich im Zusammenhang mit Ihrer Geburt noch erinnern.
   - Waren Sie ein voll ausgetragenes Kind?
   - Gab es bei der Geburt irgendwelche Komplikationen?
   - Wenn es Komplikationen gab, welcher Art waren sie?
   - War Ihre Geburt kurz oder dauerte sie sehr lange?
   - Wurden Sie im Krankenhaus oder zu Hause geboren?
   - Wurden Sie nach Ihrer Geburt von Ihrer Mutter getrennt?
   - War Ihr Vater bei Ihrer Geburt dabei?

2. Begeben Sie sich in Ihrer Vorstellung noch einmal in die geheimnisvolle Höhle im Meer.
   Machen Sie sich wieder die Gegenwart Jesu bewußt. Lassen Sie sich dabei Zeit.
   Jetzt stellen Sie fest, wie eng die Höhle geworden ist.
   Empfinden Sie, wie ungemütlich die Enge ist.
   Akzeptieren Sie die Notwendigkeit, Ihre Höhle zu verlassen.
   Achten Sie darauf, was Sie dabei empfinden.
   „Wenn du durch Wasser gehst, will ich bei dir sein."
   Lassen Sie sich von Jesus durch das Wasser der Geburt ins Leben außerhalb des Mutterleibes führen.
   Gehen Sie dabei ganz langsam vor und machen Sie sich die Empfindungen bewußt, die Sie auf dieser Reise haben.

3. Verfassen Sie eine schriftliche Beschreibung dieser Reise.

4. Schreiben Sie auf, welche Ihrer heutigen Probleme mit Ihrer Geburt zusammenhängen könnten.
   - Leiden Sie unter Klaustrophobie?
   - Sind Sie oft grundlos wütend?
   - Sind Sie oft frustriert oder blockiert bei Dingen, die Sie gerne tun möchten?
   - Haben Sie irgendwelche Sprachprobleme oder immer wieder Schwierigkeiten mit dem Hals?
   - Haben Sie Angst davor, von geliebten Menschen getrennt oder verlassen zu werden?
   - Haben Sie das Gefühl, durchs Leben zu hasten, immer in Eile zu sein?
   - Haben Sie Konzentrationsschwierigkeiten?

5. Tauschen Sie das Erkannte mit der Person Ihres Vertrauens aus. Beten Sie gemeinsam und bitten Sie Gott, Ihnen in bezug auf ein bestimmtes Problem Heilung zu gewähren. Behandeln Sie dieses eine Problem, bevor Sie zum nächsten weitergehen.

6. Denken Sie daran, daß Schmerz und Trauer um einen Verlust reinigende Wirkung haben.

7. Wenn Sie denen vergeben, die Ihre Verletzung verursacht haben, hilft Ihnen das in Ihrem Heilungsprozeß und bewirkt, daß die Wunde sich schließt.

8. Nehmen Sie sich Zeit, über das Wort Gottes nachzudenken, z.B. über die bereits zitierten Verse:
   „Fürchte dich nicht, denn ich habe dich erlöst; ich habe dich bei deinem Namen gerufen; du bist mein!
   Wenn du durch Wasser gehst, will ich bei dir sein, daß dich die Ströme nicht ersäufen sollen; und wenn du ins Feuer gehst, sollst du nicht brennen, und die Flamme soll dich nicht versengen. Denn ich bin der Herr, dein Gott, der Heilige Israels, dein Heiland" (Jes 43,1-3).
   Meditieren Sie über die Erfahrungen Jesu am Kreuz, sein körperliches Leiden, sein emotionales Leiden, sein geistliches Leiden. Erinnern Sie sich an seinen Aufschrei tiefster Qual. „Mein Gott, mein Gott, warum hast du mich verlassen?" (Mk 15,34). In diesem Augenblick kannte er den Schmerz über die Trennung von seinem Vater und das völlige Alleinsein. Sie können Ihr Alleinsein und Ihre Trennungsangst zu ihm bringen, denn „durch seine Wunden sind wir geheilt" (Jes 53,5).
   Stellen Sie sich Jesus am Kreuz vor und bringen Sie das Leid, das Sie bei Ihrer Geburt erfahren haben, zu ihm. Laden Sie ganz bewußt dieses Leid ihm auf.
   „Zuflucht ist bei dem alten Gott unter den ewigen Armen" (Dtn 33,27).
   Stellen Sie sich vor, Sie sind ein kleines Kind, das sich in Gottes Arme schmiegt. In seinen Armen finden Sie die Fürsorge einer Mutter und den Schutz eines Vaters.

5. Seine Majestät, das Baby
(1. Stadium, 0-12 Monate)

„Es ist gar nicht einmal so, daß das Kind meint, es sei die ganze Welt. Es will gar nicht allmächtig und allgegenwärtig sein, sondern es sieht einfach keinen Grund dafür, sich bewußtzumachen, daß es da noch irgend jemanden oder irgend etwas außer ihm selbst gibt, bis dieses ‚Nicht-Ich' seine Gegenwart deutlich wahrnehmbar macht."
(Robin Skynner)[1]

Die Bedürfnisse des Babys

Ein Neugeborenes ist völlig abhängig von anderen Menschen. Es kann nichts selbst tun, und es hat nur eine einzige Möglichkeit, die Aufmerksamkeit der anderen auf sich zu ziehen, nämlich zu schreien. Es kann seine Bedürfnisse nicht verbalisieren oder sie deutlich machen, indem es der Mama am Rock zupft. Und weil es nicht in der Lage ist, andere Signale auszusenden als zu schreien, ist es auf Menschen angewiesen, die präsent sind und sensibel auf seine verschiedenen Bedürfnisse reagieren. Es wird in diese Welt geworfen, unfähig, sich selbst zu versorgen oder ein spezielles Bedürfnis zu artikulieren. Es erwartet die Befriedigung seiner Bedürfnisse, als sei das sein gutes Recht.

Nahrung

Das grundlegende und zugleich dringlichste Bedürfnis des Neugeborenen ist die Nahrungsaufnahme. Ohne eine täglich ausreichende Menge Milch stirbt ein Kind, und deshalb schreit es meistens, weil es Hunger hat. Neun Monate lang hat das Ungeborene seine Nahrung ohne jegliche Anstrengung durch die Nabelschnur erhalten. Wenn irgend möglich, sollte es die Nahrung auch weiterhin auf so unmittelbare Weise von der Mutter erhalten, jetzt nicht mehr durch die Nabelschnur, sondern indem es von der Mutter gestillt wird. Das bedeutet aber, daß ihm zwar auch jetzt die Nahrung vollständig zur Verfügung steht, es dafür aber eine Anstrengung unternehmen muß.

In der westlichen Welt wird das Stillen im allgemeinen nicht als bequeme oder beliebte Form der Babyernährung betrachtet, denn es bindet die Mutter viele Monate lang an den Säugling. Wir werden aber gleich feststellen, daß es gerade diese ständige Anwesenheit der Mutter ist, die Gott als das Beste fürs Kind vorgesehen und beabsichtigt hat. An dieser Stelle ist es wichtig anzumerken, daß viele Mütter, die gerne stillen würden, es aus irgendwelchen Gründen nicht können. Dr. Verney sagt dazu: „Das psychologisch Entscheidende ist, welche Empfindungen dem Säugling während des Fütterns vermittelt werden. Ein Kind kann sich als Brust- wie als Flaschenkind geliebt fühlen."[2] Die emotionalen Bedürfnisse eines Kindes können auch dann befriedigt werden, wenn es mit der Flasche ernährt wird, vorausgesetzt, es werden folgende Punkte beachtet:

Saugen

Saugen ist für das Baby eine gute Übung. Außerdem befriedigt es ein Grundbedürfnis, das das Überleben des Kindes sicherstellen soll. Vielen Menschen ist jedoch nicht bekannt, wie stark dieses Saugbedürfnis ist. Die biologische Notwendigkeit des Saugens kann beim Neugeborenen sehr stark ausgeprägt sein. Bei Flaschenkindern wird dieses Bedürfnis der „perioralen Stimulation" oft nicht ausreichend befriedigt. Die Flasche ist nicht nur schneller geleert als die Brust, sondern das Gummi, aus dem die Sauger hergestellt sind, sorgt nicht für die gleiche Stimulation wie die Brustwarzen der Mutter. Das Saugbedürfnis kann also relativ unabhängig vom Hungergefühl auftreten. „Es wird weitgehend durch das Füttern befriedigt, besonders beim Kind, das gestillt wird und das für seine Mahlzeit hart arbeiten muß. Aber viele Babys sind auch nach der Mahlzeit noch unzufrieden, weil das Saugbedürfnis noch nicht befriedigt ist, was vom Säugling als unerträgliche Spannung im Mund erlebt wird."[3]

Vorausgesetzt, es ist genügend Muttermilch vorhanden und die Brustwarzen sind abgehärtet genug, um dem starken Saugdruck des hungrigen Kindes standzuhalten, ist das Stillen in jeder Hinsicht dem Füttern mit der Flasche vorzuziehen. Wenn es gestillt wird, ist das Kind durch das an Antikörpern reiche Collostrum (Vormilch), das in den ersten Tagen nach der Geburt des Kindes bei der Mutter vorhanden ist, gegen fast alle Infektionskrankheiten geschützt (Nestschutz). Der große Gewinn des Stillens wird von Montagu in seinem Buch „Touching" („Berühren", Anm. d. Übers.) dokumentiert. Er verweist auf eine Pilotstudie, die an 173 Kindern von deren Geburt an bis zum zehnten Lebensjahr durchgeführt wurde, und zwar an gestillten Kindern und Flaschenkindern. Das Ergebnis dieser Untersuchung war, daß die Flaschenkinder „viermal so häufig Infektionen der Atemwege hatten, zwanzigmal so häufig Durchfallerkrankungen, zweiundzwanzigmal so häufig verschiedene Infektionen, achtmal so häufig Ekzeme, zweiundzwanzigmal so häufig Asthma und siebenundzwanzigmal so häufig Heuschnupfen."[4]

Eine Beziehung herstellen („Bonding")

Neben diesen rein körperlichen Vorzügen des Stillens ist es auch deshalb so wichtig, weil es Mutter und Kind Gelegenheit bietet, eine Beziehung zueinander aufzubauen. Das Baby ist durch den Mund mit der Mutter verbunden, und gleichzeitig kann es mit der Hand ganz sanft die Brust der Mutter streicheln und massieren. Das Baby wird von der Mutter lange ganz nah im Arm gehalten, und das meist auch häufiger als ein Flaschenkind. Die Flasche wird viel zu oft als zeitsparende Alternative zum Stillen betrachtet. Sicher ist es für eine Mutter verführerisch, dem Säugling die Flasche in den Mund zu stecken, sie mit einem Kissen abzustützen und sich wieder ihrer Hausarbeit zuzuwenden. Die Flaschenmilch ist in der Regel sättigender, deshalb sind die Zwischenräume zwischen den Mahlzeiten länger, und das Kind schläft mit ziemlicher Wahrscheinlichkeit auch früher durch; das alles zusammen ermöglicht es der Mutter, schneller wieder zu ihrem normalen, vom Kind unabhängigen Leben zurückzukehren. Wenn sie das aber tut, wird dem Kind sowohl körperlich als auch emotional die Möglichkeit vorenthalten, eine Beziehung zu einer konstant bleibenden, zuverlässigen, vertrauten Mutterfigur aufzubauen. Ein Flaschenkind muß nun aber nicht unbedingt emotionalen Mangel leiden, vorausgesetzt, seine Mutter ist bereit, ihm genausoviel Zeit zu widmen, wie wenn sie es stillen würde.

Nach einer Untersuchung von Burton Jones hängt die Zusammensetzung der Milch verschiedener Tierarten davon ab, wie häufig sie ihre Jungen füttern. Je seltener sie füttern, desto höher ist der Eiweiß- und Fettgehalt der Milch. Hasen und Kaninchen beispielsweise füttern alle 24 Stunden, die Baummaus sogar nur alle 48 Stunden. Diese Tiere bilden Milch mit einem sehr hohen Fettgehalt. Der Eiweiß- und Fettgehalt von Affen- und Menschenmilch ist dagegen sehr gering. Das bedeutet, daß sie ihre Jungen in kleineren Abständen füttern müssen, ein Indiz dafür, „daß die Menschenmutter genau wie die Affenmutter ihr Kind immer bei sich haben muß".[5]

Das Herstellen der Beziehung zwischen einer Mutter und ihrem Kind ist mehr als eine rein körperliche und emotionale Angelegenheit. Es ist manchmal richtig unheimlich, wie eine Mutter spürt, wann etwas mit ihrem Kind nicht stimmt, auch wenn niemand anders etwas bemerkt. Diese ungewöhnliche Art der Beziehung eines Babys zur Mutter ist von den Russen demonstriert worden, als sie zu militärischen Zwecken Versuche mit einem Wurf Kaninchen machten. Alle Kaninchenjungen wurden in ein untergetauchtes U-Boot gebracht. „Die Mutter blieb im Labor, wo man ihr Elektroden ins Gehirn eingepflanzt hatte. In Abständen wurde eines der Jungen im U-Boot getötet, was im selben Moment durch einen plötzlichen abrupten Wechsel der Gehirnströme des Muttertieres im Labor registriert wurde. Die telepathische Kommunikation mit einem Lebewesen konnte vom Meeresgrund durchdringen, von wo aus keine andere uns bekannte Kommunikationsmethode nach oben ans Land durchdringen kann."[6]

Lust

Nachdem ich selbst vier Kinder gestillt habe und bei sechs Enkelkindern das Stillen miterlebt habe, bin ich davon überzeugt, daß das Saugen eines Babys an der Brust ihm ein starkes Lustgefühl vermittelt. Anscheinend wird die Stillzeit im Gehirn des Babys als eine Zeit ungetrübten Einsseins mit der Quelle des Lebens gespeichert. Viele Kinder lutschen noch lange, nachdem sie abgestillt sind oder nicht mehr aus der Flasche trinken, nachdem also das Saugen kein lebenswichtiges Bedürfnis mehr für sie ist, am Daumen. Normalerweise kommt diese Gewohnheit zum Tragen, wenn das Kind müde ist oder unter Streß steht, so als ob es sich dann unbewußt nach einer besonders angenehmen Erfahrung zurücksehnt, die Empfindungen des Friedens und der Entspannung in ihm wachruft.

Montagu schildert den Fall eines zweieinhalbjährigen Kindes, das von einem Dermatologen zur psychologischen Begutachtung überwiesen wurde, weil es unter Haarausfall litt. Das Kind kuschelte sich häufig in die Arme der Mutter und trank dabei Milch aus einer Babyflasche. Während des Trinkens riß es sich selbst Haare aus und kitzelte sich mit den Haarbüscheln die Nase, während es trank. Der Psychologe fragte nach und erfuhr, daß das Kind diese Angewohnheit seit etwa einem Jahr hatte, und zwar seitdem die Eltern mit der Sauberkeitserziehung begonnen hatten. Weil die Eltern als Erziehungsmittel auch Strafen einsetzten, war das Kind stark unter Streß geraten. Zu diesem Zeitpunkt begann es, feste Nahrung zu verweigern, aus der Babyflasche zu trinken und sich dabei mit den ausgerissenen Haaren die Nase zu kitzeln. Nach weiterer Befragung der Mutter stellte sich heraus, daß das Kind nur zwei

Wochen lang gestillt worden war und dann abrupt abgestillt wurde, weil die Mutter glaubte, nicht genug Milch für das Baby zu haben. Das Erstaunlichste war jedoch, daß man bei einer Untersuchung der Mutter einen Kranz ziemlich rauher Haare um ihre Brustwarzen herum entdeckte, die das Kind beim Stillen in den ersten beiden Lebenswochen an der Nase gekitzelt haben mußten. Um das zu testen, wurde ein Flaschensauger unten mit einem Kranz aus Menschenhaar versehen. Während das Kind saugte, drehte es die Flasche ganz langsam und kitzelte sich auf diese Weise mit den Haaren die Nase und die Unterlippe. Von dem Augenblick an hörte die Kleine auf, sich Haare auszureißen. Unter Streß versetzte sich das Kind in ein Stadium zurück, das es als glücklich und entspannt in Erinnerung hatte.

Nach dem Plan Gottes befriedigt das Stillen viele der Grundbedürfnisse des Kindes im ersten Entwicklungsstadium. Das geht von der den körperlichen Bedürfnissen des Säuglings perfekt angepaßten Nahrung über den Schutz vor Infektionen, der Befriedigung des Saugbedürfnisses, bis hin zu dem emotionalen Bedürfnis nach Lust und dem Herstellen einer Beziehung mit einer konstanten Fürsorgeperson, die 24 Stunden täglich zur Stelle ist.

Allmacht

Vielen mag dies als ein für einen Säugling merkwürdiges und unverständliches Bedürfnis erscheinen. Viele Menschen hegen noch die alte irrationale Überzeugung, daß man einen Säugling verwöhnt, wenn man ihn zu oft hochnimmt und mit ihm schmust und kuschelt. Untersuchungen über das Heranwachsen von Kindern zeigen jedoch das Gegenteil. Es scheint sogar, als ob es für ein Baby sehr wichtig ist, eine Phase zu durchleben, in der es sich als allmächtig empfindet, eine Zeit, in der es der Mittelpunkt mütterlicher Aufmerksamkeit ist und in der seine Bedürfnisse unmittelbar befriedigt werden.

„Das Kind ist notwendigerweise ‚alles', ja es ist ‚Gott', bis es feststellt, daß dem nicht so ist."[7] Und zu seiner Zeit wird es merken, daß es eigentlich nicht allmächtig ist und daß sich die Welt nicht, wie fälschlich angenommen, ausschließlich um seine Person dreht. Aber in den ersten sechs Monaten ist das Baby noch nicht so weit, daß es mit Einsamkeit, Frustration und Schmerzen fertig werden kann. Es ist unmöglich, ein Baby in diesem Stadium durch zu viel Aufmerksamkeit zu „verwöhnen". Eine Untersuchung von Mary Salter Ainsworth zeigt auf:

„Ein Kind, dessen Mutter sensibel und zugänglich ist und auf das

Kind reagiert, die das Verhalten des Kindes akzeptiert und im Umgang mit ihm kooperativ ist, ist alles andere als das anstrengende und unglückliche Kind, als das es in manchen Theorien dargestellt wird. Ein so verstandenes Muttersein schließt ganz offensichtlich nicht aus, daß ein Kind bis zu seinem ersten Geburtstag ein begrenztes Maß an Selbstvertrauen entwickelt, verbunden mit einem hohen Maß an Vertrauen gegenüber der Mutter und Freude am Zusammensein mit ihr."[8]

Die Aufgabe von Mutter und Vater

Es ist also die Aufgabe einer Mutter, physisch und emotional für ihr Kind dazusein. Die verläßliche, ständige Gegenwart und Hilfe sind zu diesem Zeitpunkt die wichtigsten Anforderungen, „damit das Kind die körperliche und psychische Versorgung durch die Mutter internalisieren kann".[9]

Die Aufgabe des Vaters in den ersten Lebensmonaten des Kindes besteht darin, die Grenzen der Familie zu überwachen und den Freiraum für die Versorgung und Ernährung des Kindes zu gewährleisten, damit diese in größtmöglichem Frieden und größtmöglicher Ruhe stattfinden kann. Damit ich genug Zeit für das Neugeborene hatte, übernahm damals mein Mann David die Betreuung der älteren Kinder, soweit das möglich war. Ja, in den ersten paar Monaten schlief ich sogar mit dem Neugeborenen im Gästezimmer, während er sich um die nächtlichen Bedürfnisse der anderen Kinder kümmerte. Dadurch hatte ich sowohl die Möglichkeit, etwas mehr zu schlafen, als auch ungestörte Zeit allein mit dem Baby, und ich erinnere mich an diese Nachtmahlzeiten als ganz besondere Chance, eine Beziehung zu meinem neuen Baby herzustellen.

Für eine Mutter und ihr Baby ist es außerordentlich wichtig, daß solche Zeiten vom Vater bzw. Ehemann ermöglicht werden.

„Wenn ein Kind geboren wird, dann tritt die Mutter eine Zeitlang in eine intensive und exklusive Beziehung zu diesem Kind, wobei sie in einen Zustand zurückkehrt, der von Winnicott als ‚primary maternal preoccupation' (mütterliche Grundbeschäftigung) bezeichnet wird. Um die Bedürfnisse des Kindes unmittelbar wahrzunehmen, durchlebt sie dieses Neugeborenenstadium quasi selbst noch einmal. Wenn der Vater über die nötige menschliche Reife verfügt, ist er bereit, auf sein früheres uneingeschränktes Vergnügen der Gesellschaft seiner Frau zu verzichten, um ihr zu ermöglichen, ihren Aufgaben als Mutter nachzukommen, während er seiner Verantwortung nachkommt und die Mutter in ihrer biologischen Aufgabe unterstützt."[10]

Die Aufgabe des Babys

Viele professionelle Therapeuten und Kinderpsychologen haben unterschiedliche Entwicklungsmodelle erstellt. Besonders brauchbar ist dabei das Modell von Erikson. Er geht davon aus, daß jedes Stadium eine spezielle Aufgabe in der Entwicklung mit sich bringt, die manchmal gut bewältigt wird und dann wieder nicht so gut, die aber meistens eine Mischung aus beidem ist. Das erste Stadium nennt er „Urvertrauen versus Urmißtrauen".

Vertrauen

„Erikson meint, daß das zu erarbeitende Thema lautet: Erlernen von Vertrauen zur Mutter in der das Baby umgebenden kleinen Welt. Durch das erworbene Vertrauen muß es dann wiederum den Glauben an das eigene Sein entwickeln. In diesem Stadium wird das Fundament für Glauben und Vertrauen in den folgenden Lebensabschnitten gelegt ... Wenn es hier versehentlich oder auch absichtlich zu Mängeln in der Versorgung des Kindes kommt, sind die Folgen beim Kind wahrscheinlich Mißtrauen und die Unfähigkeit, an sich selbst oder andere Menschen zu glauben. Das wiederum schwächt unweigerlich die Fähigkeit, die ein Mensch braucht, um mit den Aufgaben des folgenden Entwicklungsstadiums fertig zu werden, wo wiederum die körperliche Entwicklung die Bewältigung neuer Aufgaben erforderlich macht."[11]
Wenn der Mutterleib für ein Kind ein schöner und sicherer Ort der Geborgenheit gewesen ist, dann hat das Erlernen eines Urvertrauens dort seinen Anfang genommen und wird auf sichtbarere Weise während dieses ersten Entwicklungsstadiums fortgesetzt. Aber damit hört es noch nicht auf. Vertrauen ist nicht nur in diesem ersten Entwicklungsstadium von Bedeutung, sondern wird das ganze Leben hindurch immer aufs neue zum Thema. Wenn jedoch das Baby in den ersten sechs Monaten zuverlässig und kontinuierlich gut versorgt wird, wächst es ganz natürlich in eine vertrauensvolle Grundhaltung gegenüber seiner Umwelt hinein und bekommt dabei das Gefühl, selbst auch gut zu sein. Wenn aber aus irgendwelchen Gründen diese Bedürfnisse des Kindes nicht befriedigt werden, dann lernt es nicht Vertrauen, sondern Mißtrauen.

Dr. Lake meint, daß die Grundbedürfnisse eines Kindes nicht befriedigt werden, wenn die Mutter nicht in der Lage oder nicht bereit ist, sich in den ersten Lebenswochen und -monaten dem Baby in seinen Wachzeiten ganz zu widmen. Er sagt: „Babys leben als Persönlichkeiten und wachsen in ihrem Urvertrauen in sofern, als sie in der zuverlässigen Präsenz der Mutter leben können. Darauf bauen ein gesundes Ich-Gefühl und das Sein als Persönlichkeit auf." Ja, er geht so weit zu behaupten, daß das Gefühl, „wie gut und herrlich es ist, ich zu sein", der Zeit entspringt, in der ein Säugling hinaufblickt in ein liebevolles Gesicht.

„Das sind Grundbedürfnisse. Es ist Teil der elterlichen Verpflichtung, diese Bedürfnisse zu befriedigen." Wenn man das Baby jedoch länger schreien läßt, als es ertragen kann, so glaubt Dr. Lake, „wird es durch den Verlust von Vertrauen und Hoffnung immer weiter in die Verzweiflung gestoßen. Und schließlich, wenn dieser Zustand zu lange andauert und niemand kommt, dann erfolgt ein Absturz in die Furcht, die Zerstörung, in den Tod des Selbst und ins Nichts."[12]

Freuds Ausdruck „Seine Majestät, das Baby" trifft auf diese ersten Lebensmonate zu. Es ist das Recht jedes Säuglings, ein paar Monate lang zu glauben, daß die Welt sich ausschließlich um ihn und seine Bedürfnisse dreht. Seine Allmacht sollte erst allmählich abgeschwächt werden.

Im Alter von ungefähr sechs Monaten muß die Aufgabe der Ablösung von der Mutter in Angriff genommen werden. Diese Ablösung verläuft ebenfalls in mehreren Stadien und ist erst vollständig abgeschlossen, wenn das Kind erwachsen ist.

Ablösung

Zunächst ist der Säugling in seinem unausgereiften Denken eine völlige Einheit mit der Mutter. Dies ist ein Stadium der Symbiose, des Einsseins. Die Mutter läßt sich darauf ein und zieht sich erst ganz langsam mit Hilfe ihres Mannes aus diesem Einssein zurück. Zeitlich trifft dieser Vorgang in etwa mit der zunehmenden Fähigkeit des Babys zusammen, die Mutter als von sich selbst getrennte Person zu sehen.

Manchmal ist es schwierig für die Mutter, sich aus der völligen Inanspruchnahme durch ihr Kind zu lösen. Wenn das der Fall ist, sollte ihr Mann ihr helfen, die nötige Ablösung in Angriff zu nehmen und allmählich wieder den Platz an seiner Seite einzunehmen. Diese Ablösung bedeutet nun nicht, daß das Baby nicht mehr von der Mutter abhängig ist oder nicht mehr an der Mutter hängt; sondern während die Mutter anfängt, die „primary maternal preoccupation" aufzugeben, kommt es im Leben des Kindes zum ersten Mal zu Enttäuschung und Frustration, wenn auch in geringem Maß. Winnicott hat den Begriff der „good-enough-mother" (die „Gerade-richtig-gute-Mutter") geprägt. Und speziell in der letzten Phase des zweiten Stadiums muß die Mutter „gerade richtig gut" und nicht „zu gut" oder „zu schlecht" sein.

Internalisation

Eine weitere Aufgabe des Kindes besteht darin, die Mutter zu internalisieren, zu verinnerlichen. Zunächst betrachtet es die Mutter als Teil von sich selbst, aber gleichzeitig hat auch bereits ein Prozeß der Internalisation eingesetzt, der die ganze Kindheit hindurch andauert. Ein Baby kann beispielsweise eine Phase durchlaufen, in der es anfängt zu schreien, sobald die Mutter den Raum verläßt. Es hat noch nicht das Stadium erreicht, in dem es das Bild seiner Mutter in sich trägt. Wenn das Kind die Mutter nicht mehr sieht, dann ist es, als existiere sie nicht mehr. Nach und nach bekommt das Kind aber ein Gespür für die Gegenwart der Mutter, auch wenn es sie nicht sieht. Wenn sie den Raum verläßt, dann bedeutet es lediglich, daß sie momentan nicht sichtbar, nicht aber, daß sie für immer verschwunden ist.

Diese „internalisierte Mutter" ermöglicht es dem Kind, den Schritt vom Einssein zur Loslösung zu vollziehen. Ein Kind, das diesen Schritt nicht richtig vollzogen hat, ist oft außerordentlich unsicher und muß ständig Blickkontakt mit der Mutter haben. Es fühlt sich elend, wenn sie nicht da ist, und kann extrem stark klammern, wenn sie anwesend ist, und zwar noch lange nach dem Stadium, in dem eine Ablösung eigentlich möglich sein sollte.

Zu einer solchen Unsicherheit kann eine schwerwiegende Unterbrechung des Liebesprozesses im ersten Lebensjahr führen. Ich kenne eine Familie, die ein wunderschönes asiatisches Kind adoptiert hat. Dieses Kind hat ein schreckliches Trennungstrauma durchlitten, den Verlust seiner gesamten Familie im ersten Lebensjahr. Als wir uns begegneten, war das Mädchen ungefähr vierzehn und schien ein glücklicher, begabter Teenager zu sein. Ich wurde jedoch hellhörig, als ich erfuhr, daß es sehr negativ auf eine vorübergehende Berufstätigkeit seiner Adoptivmutter reagiert hatte. Obwohl die Mutter erst zur Arbeit ging, nachdem die Kinder in der Schule waren, und schon zurück war, bevor die Kinder aus der Schule nach Hause kamen, konnte das Kind nicht damit fertig werden, daß die Mutter nicht an ihrem gewohnten Platz war, nämlich zu Hause. Das Mädchen schien am Punkt des damals erlittenen Traumas festzuhängen. Ihre Eltern waren verschwunden, bevor sie sie hatte internalisieren können, und deshalb war ein Teil ihrer emotionalen Entwicklung an dieser Stelle ins Stocken geraten. Auch im Alter von vierzehn Jahren hatte sie es noch nicht geschafft, ihre Adoptivmutter ausreichend zu internalisieren und sich auch dann sicher zu fühlen, wenn sie sie nicht in der gewohnten Umgebung, nämlich zu Hause, visualisieren konnte. Es war, als ob ihre Mutter aufhörte zu existieren, wenn sie sie aus den Augen verlor, so, wie es bei ihren leiblichen Eltern der Fall gewesen war.

Wenn die Aufgabe der Internalisation bewältigt ist, dann kann die Mutter — zunächst für kürzere Zeitspannen, später aber auch für längere Zeit — abwesend sein, ohne daß dies beim Kind zu große Unsicherheit auslöst.

Folgen eines Versagens in diesem Stadium

Gewisse unvermeidbare Fehler in einer sonst behüteten Kindheit werden ein Kind nicht nachhaltig schädigen. Aber permanentes Versagen bei der Erfüllung seiner Grundbedürfnisse schafft ein Fundament des Mißtrauens und der Furcht. Die Folgen sind tagtäglich in den psychologischen Beratungsstellen zu sehen.

Schmerzliche Abhängigkeiten

Ein Kind, das ein solches Trauma erlitten hat, kann später unter schmerzlichen Abhängigkeiten leiden oder Anzeichen echter Trennungsangst aufweisen. Das kann zu Panikanfällen führen, wenn die Person allein, auf großen offenen Plätzen oder an unbekannten Orten ist. Wenn das Bedürfnis eines Säuglings nach Nähe und Gehaltenwerden nicht erfüllt wird, dann kann daraus bei diesem Menschen im Erwachsenenalter eine permanente Sehnsucht nach dem Gehaltenwerden von einer Frau resultieren. Sehr häufig wird das fälschlicherweise als erotisches oder sexuelles Bedürfnis interpretiert.

Eine Frau, die in die Beratung kam, gestand uns, daß sie Angst hatte, lesbisch veranlagt zu sein, weil sie jedesmal große Sehnsucht empfand, wenn sie von einer Frau umarmt wurde. Ihre Mutter war nie zärtlich zu ihr gewesen und hatte deshalb die Sehnsucht ihrer Tochter nach Nähe nie befriedigen können.

Mißtrauen gegenüber Menschen

Ein weiterer schmerzhafter Effekt eines Traumas in diesem Stadium ist eine Bindungsangst, wie sie auch die schizoide Persönlichkeit aufweist. Das hat nichts mit Schizophrenie zu tun, die von Frank Lake als „eine molekulare Spaltung oder Zerstückelung des Geistes" bezeichnet wird und zu der oft Sinnestäuschungen und Halluzinationen gehören. Die schizoide Persönlichkeit entwickelt sich als Folge eines überwältigenden Kindheitstraumas, in dem das Ego gespalten wird. Ursache kann eine extrem schmerzhafte Entbindung oder eine „zu lange Abwesenheit der Mutter sein, die ja für das Kind die notwendige personale Quelle des Seins darstellt".[13] Die schizoide Persönlichkeit hat die Grenze des Wünschens überschritten und das Verlangen verloren, sich auf jemanden zu beziehen, berührt und gehalten zu werden sowie Aufmerksamkeit zu bekommen. Im Gegensatz zur „hysterischen" Persönlichkeit, deren ganzes Sehnen und Verlangen darin besteht, jemanden um sich zu haben, diese Person zu berühren und zu halten, möchte der schizoide Typ ein Leben ohne Beziehungen zu anderen Menschen führen. Dabei handelt es sich um eine Haltung des totalen Mißtrauens. Was dieser Mensch in seinen ersten Lebenswochen und -monaten gelernt hat, projiziert er auch weiterhin auf jeden Menschen, der versucht, sich ihm zu nähern.

Ich kenne einen kleinen Jungen, dessen Leben traumatisch begann. Seine ersten Lebensjahre verbrachte er überwiegend bei einer Tagesmutter, weil seine Mutter arbeiten gehen mußte. Es fiel ihm immer schwer, jemandem in die Augen zu blicken, besonders seiner Mutter. Eines Tages sagte er ihr, daß er sie hasse, weil sie ihn immer allein ließe. Er habe es als kleines Kind gehaßt und hasse es auch jetzt noch. Er sagte, daß es ihm weh täte, sie anzusehen, besonders ihr in die Augen zu sehen. „Manchmal", so sagte er, „wenn ich dich ansehe, glaube ich, daß du böse sein mußt, denn mein Magen fühlt sich an, als ob er platzen würde." Hier sind die Anfänge einer schizoiden Spaltung erkennbar. Der Schmerz darüber, verlassen zu werden, gleichzeitig jedoch die Mutter zu brauchen, bewirkte bei diesem Kind, daß es sich von der Mutter abwandte, von der Person, zu der es sich am allersehnlichsten eine Beziehung wünschte. Glücklicherweise versteht die Mutter dieses kleinen Jungen inzwischen seine Probleme und ist auf dem besten Wege, ihm bei der Bewältigung seiner Empfindungen helfen zu können.

Selbstzweifel

Durch die zuverlässige, liebevolle Gegenwart der Mutter lernt ein Baby, seiner Umgebung, anderen Menschen und sich selbst zu vertrauen. Das Fehlen einer zuverlässigen Mutter bewirkt, daß das Fundament der Persönlichkeit instabil ist. Das kann zu Unentschlossenheit, Minderwertigkeitsgefühlen und Selbstzweifeln führen. Die Biographin Alison Miller beschreibt Ludovic Kennedys Trauer über die kühle Beziehung zu seiner Mutter. Frau Miller zitiert Kennedy: „Meine beharrlichste Furcht ... war die vor meiner Mutter. Ich weiß nicht, ob ich behaupten kann, sie habe mich nicht geliebt; wenn ich jedoch sage, daß sie nie ein nach außen sichtbares Zeichen dafür gegeben hat, daß sie mich liebte, dann ist das eine Tatsache. Vielleicht klingt es lächerlich, wenn man im Alter von 69 Jahren konstatieren muß, daß nach dem Babyalter (und meines Wissens auch während dieser Zeit) meine Mutter mir nicht ein einziges Mal durch einen Kuß oder eine Umarmung auch nur ein schwaches körperliches Zeichen ihrer Zuneigung gegeben hat, aber genauso war es. Als ich dann später in meinem Leben Freuds Theorie las, daß ein Junge, der von seiner Mutter wirklich geliebt worden ist, niemals Selbstzweifel hat, da hatte ich endlich eine Erklärung für all die qualvolle Unentschlossenheit in meiner Jugend."[14]

Depressionen

Der plötzliche Verlust der Nähe einer positiven Mutterfigur in diesem ersten Entwicklungsstadium kann später bei einem sonst gesunden Erwachsenen zu einem unterschwelligen Gefühl der Deprimiertheit und Hoffnungslosigkeit führen.

„Ein drastischer Verlust der gewohnten Mutterliebe ohne richtigen Ersatz zu diesem Zeitpunkt kann (unter erschwerten Bedingungen) zu einer akuten infantilen Depression oder einem schwachen, aber chronischen Zustand der Trauer kommen, der dem ganzen Leben einen depressiven Beiklang verleihen kann. Aber selbst unter den günstigsten Bedingungen hinterläßt dieses Stadium immer den Rest eines Gefühls des Bösen und des drohenden Untergangs sowie einer universalen Nostalgie in bezug auf das verlorene Paradies."[15]

Mit dem Begriff „verlorenes Paradies" kann man die Erfahrung eines Babys beschreiben, das zu früh die Intimität und Nähe der Mutter verliert. Die Quelle alles Guten ist verschwunden, und ein Gefühl des Verlustes folgt, das nachklingt und den Rest des Lebens überschattet.

Dr. John White verweist auf die vielen Untersuchungen, die einen Zusammenhang zwischen Verlusten in der Kindheit und Depressionen im Erwachsenenalter nachweisen. Obwohl man festgestellt hat, daß ein Verlust in der Kindheit nicht unbedingt zu Depressionen im Erwachsenenalter führen muß, so gilt doch als sicher, daß er gewaltigen Einfluß hat. White kommentiert den Zusammenhang zwischen dem Alter, in dem solch ein Verlust stattgefunden hat, und der Anzahl der Patienten, die später Depressionen bekamen:

„Die meisten der Patienten mit Depressionen erlebten den Verlust in den ersten fünf Lebensjahren, eine geringere Anzahl zwischen dem fünften und neunten Lebensjahr und die kleinste Anzahl im Alter von zehn bis vierzehn Jahren."[16]

Es scheint daher, daß der Verlust der Mutterliebe in diesem frühen Stadium die Möglichkeit von Depressionen im Erwachsenenalter mit sich bringt.

Am Ende des ersten Lebensjahres des Kindes ist bereits viel geschafft, und das Baby sollte nun bereit sein für den nächsten Entwicklungsschritt. Wenn jedoch das erste Stadium nicht richtig bewältigt wird, kann das bei einem Menschen zu Schwierigkeiten führen, die ihn bis ins Erwachsenenalter begleiten. Man braucht sich jedoch nicht geschlagen zu geben, vorausgesetzt, man bringt Ausdauer und Geduld ein.

„Die Geduld aber soll ihr Werk tun bis ans Ende, damit ihr vollkommen und unversehrt seid und kein Mangel an euch sei" (Jak 1,4). Als Jakob seinen Bruder Esau nach einer langen Trennungszeit wiedertraf, kämpfte er die ganze Nacht mit Gott. Kurz vor Tagesanbruch sagte der Mann (Gott): „Laß mich gehen, denn die Morgenröte bricht an." Aber Jakob antwortete: „Ich lasse dich nicht, du segnest mich denn" (Gen 32,26). Jakob war fest entschlossen, so lange keine Ruhe zu geben, bis Gott ihn schließlich segnete. Die Heilung von den Auswirkungen eines solchen Mangels in diesem frühen Stadium kann Zeit, Geduld und ein hohes Maß an Entschlossenheit erfordern. Möglicherweise müssen Sie die folgenden Übungen mehrmals wiederholen, ein paar Wochen lang bei den Übungen zu Kapitel 4 bleiben und sie immer dann wiederholen, wenn Sie sich unsicher fühlen.

Arbeitsteil

1. Stellen Sie sich die folgenden Fragen:
   - Fällt es mir leicht, anderen, mir selbst und Gott zu vertrauen?
   - Lebe ich mit meinem Körper in Frieden oder habe ich ständig irgendwelche unerklärlichen Beschwerden?
   - Bin ich fähig, mit anderen Menschen innige Beziehungen aufzubauen?
   - Bin ich fähig, den Menschen, die ich liebe, die Freiheit zu lassen, zu kommen und zu gehen, wie sie es gerade brauchen?
   - Betrachte ich mich selbst als Person, die einen Wert hat?
   - Bin ich entscheidungsfreudig?
   - Mag ich es, wenn Freunde oder Familienangehörige mich berühren?
   - Entspannt es mich, wenn ich berührt werde?
   - Kann ich essen, ohne zu schlingen?
   - Kann ich es gut mit mir allein aushalten?

   Wenn Sie siebenmal oder öfter mit „Ja" antworten, dann sind Sie vermutlich gut versorgt worden von einer Mutter, die „gerade richtig gut" war. Wenn Sie fünfmal oder häufiger mit „Nein" antworten, dann bedeutet das, daß es mehr Mangel gegeben hat, als daß Sie damit leicht fertig werden könnten.

2. Beten Sie mit der Person Ihres Vertrauens über jede Frage, die Sie mit „Nein" beantwortet haben.
   Nehmen Sie sich viel Zeit und sagen Sie Jesus, was Sie bei jeder dieser Fragen empfinden. Erzählen Sie ihm, was Sie empfinden, wenn Sie berührt werden, wenn Sie anderen Menschen vertrauen oder zu jemandem eine enge Beziehung haben.
   Erlauben Sie es sich, solche an die Oberfläche gelangenden Empfindungen auch zum Ausdruck zu bringen.
   Denken Sie daran, daß das Fehlen oder der Verlust einer vertrauenswürdigen Mutterfigur betrauert werden muß, bevor diese Verletzung heilen kann. „Selig sind, die da Leid tragen; denn sie sollen getröstet werden" (Mt 5,4).

3. Die meisten Kinder werden mit einer Offenheit geboren, die mit einer Kamera vergleichbar ist. Wenn sich die Blende öffnet, wird das im Objektiv sichtbare Motiv auf dem Film in der Kamera festgehalten. Im ersten Lebensjahr nimmt das Baby Bilder auf, die sich tief in

sein Unterbewußtsein einprägen. Dabei muß allerdings beachtet werden, daß Kinder zwar ausgezeichnete Beobachter, aber sehr schlecht im Interpretieren des Beobachteten sind. Viele ihrer Erinnerungen können deshalb falsch ausgelegt werden. Nur Gott selbst kann Ihnen die Wahrheit aufzeigen und die in Ihnen existierende Lüge durch seine Wahrheit ersetzen.
Während Sie über den Verlust an Fürsorge im Säuglings- und Kleinkindalter trauern und Schmerz empfinden über das schlechte Bild, das sich Ihnen eingeprägt hat, wird sich die „Blende" Ihres Herzens öffnen, und Sie können Gott darum bitten, die alten Prägungen durch neue zu ersetzen.
„Gott ist Liebe" (1 Joh 4,8).
„Gott ist Licht" (1 Joh 1,5).
König David betete: „Herr, laß leuchten über uns das Licht deines Antlitzes!" (Ps 4,7). „Und der Herr redete mit Mose und sprach: Sage Aaron und seinen Söhnen und sprich: So sollt ihr sagen zu den Israeliten, wenn ihr sie segnet: Der Herr segne dich und behüte dich; der Herr lasse sein Angesicht leuchten über dir und sei dir gnädig;
der Herr hebe sein Angesicht über dich und gebe dir Frieden" (Num 6,22-26). Blicken Sie auf in sein Angesicht und lassen Sie sich durch sein Licht und seine Liebe prägen.

4. Gott weiß, was ein Baby braucht. Nehmen Sie sich Zeit, sich von Gott „bemuttern" zu lassen. „Kann auch ein Weib ihres Kindleins vergessen, daß sie sich nicht erbarme über den Sohn ihres Leibes? Und ob sie seiner vergäße, so will ich doch deiner nicht vergessen. Siehe, in die Hände habe ich dich gezeichnet" (Jes 15,16).
   „Denn der Herr, dein Gott, ist bei dir, ein starker Heiland. Er wird sich über dich freuen und dir freundlich sein, er wird dir vergeben in seiner Liebe und wird über dich mit Jauchzen fröhlich sein" (Zef 3,17). Gottes Verständnis von Mutterschaft wird veranschaulicht in seinen Worten an diejenigen Menschen, die Jerusalem lieben.
   „Denn nun dürft ihr saugen und euch satt trinken an den Brüsten ihres Trostes; denn nun dürft ihr reichlich trinken und euch erfreuen an dem Reichtum ihrer Mutterbrust. Denn so spricht der Herr: Siehe, ich breite aus bei ihr den Frieden wie einen Strom und den Reichtum der Völker wie einen überströmenden Bach. Ihre Kinder sollen auf dem Arme getragen werden, und auf den Knien wird man sie liebkosen. Ich will euch trösten, wie einen seine Mutter tröstet; ja, ihr sollt an Jerusalem getröstet werden" (Jes 66,11-13).

5. Denken Sie daran, daß Vergebung denen gegenüber, die an Ihnen versagt haben, ein Teil des Heilungsprozesses ist.

6. Das Entdeckungsalter
(2. Stadium, 15 Monate — 3 Jahre)

„Die Kindheit weist auf den Mann hin, wie der Morgen auf den Tag hinweist."
(Miltons „Paradise Regained")

Es gibt eine Geschichte über zwei Geschäftsleute, die sich in zwei Ländern der Dritten Welt aufhalten und nun jeweils an den Hauptsitz ihrer Firma einen Bericht schreiben. Der eine sendet die Nachricht: „Die Eingeborenen tragen keine Schuhe. Sofort eine Schiffsladung Schuhe schicken." Die Nachricht des anderen lautet: „Die Einheimischen tragen keine Schuhe — komme umgehend zurück."

Wie diese beiden Geschäftsleute sehen auch wir das Leben durch verschieden gefärbte Brillen. Wir können über dieselbe Situation sprechen, aber unsere Linsen sind durch persönliche Erlebnisse und Erfahrungen gefärbt.

Das in dieser zweiten Entwicklungsphase gelegte Fundament wirkt bei der Festsetzung unserer Einstellungen zur Umwelt mit. Im ersten Entwicklungsstadium wurde das Fundament für das Eingehen von Beziehungen gelegt. Jetzt beginnt das Kind, über das Gesicht der Mutter hinauszublicken und auch außerhalb ihres direkten Blickfeldes zu leben. Indem das Kind die Mutter aber immer noch sehen kann, bekommt es die notwendige Sicherheit und den nötigen Mut, auf Entdeckungsreise zu gehen.

Im Alter von einem Jahr können fast alle Kinder krabbeln, manche laufen in diesem Alter sogar schon. Und mit 15 Monaten ist ein Kind überall. Die meisten Mütter blicken auf diese Zeit in völliger Verwunderung darüber zurück, daß sie selbst und das Kind es überlebt haben. Unsere dritte Tochter, Becky, war besonders aufgeweckt und neugierig und deshalb auch unfallgefährdeter als unsere anderen Kinder. Als Kind in Chile überlebte sie das Spielen mit der Gabel in einer Steckdose sowie einen Sturz aus dem Hochstuhl; einmal rasten wir mit ihr ins Krankenhaus, um ihr den Magen auspumpen zu lassen, weil der Verdacht bestand, daß sie etwas Giftiges geschluckt hatte — einmal abgesehen davon, daß sie fast an einer Bauchfellentzündung gestorben wäre. So manche Nacht habe ich wachgelegen und mich gefragt, ob wir, sie und ich, sie wohl noch als Teenager erleben würden!

Weil man sich in dem Labyrinth aus Windeln, Töpfchen, Spielzeug, Unfällen und klebrigen Fingern leicht verirrt, möchte ich versuchen, einen Weg durch dieses wilde Stadium aufzuzeigen, indem ich drei Schlüsselfragen stelle: Worin bestehen die wichtigsten Entwicklungsaufgaben für das Kind in diesem Stadium? Welche Rolle spielen die Eltern hier? Und schließlich: Was kann schiefgehen?

Vorausgesetzt, das Kind hat ausreichend Vertrauen zu seiner Umgebung und besonders zu der „Gerade-richtig-guten-Mutter", dann hat es jetzt die nötige stabile Grundlage, um langsam in das nächste Entwicklungsstadium überzugehen. Wenn jedoch auf irgendeine Weise ein Fundament des Mißtrauens gelegt worden ist und ein Versagen in der „haltenden Umgebung" (Winnicotts Begriff für die Sicherheit, von der ein Baby umgeben ist) vorliegt, dann hat das Kind wahrscheinlich Schwierigkeiten, sich weiterzuentwickeln, und es empfindet die vor ihm liegenden Aufgaben als erschreckend und frustrierend, wo sie eigentlich als spannend und stimulierend empfunden und betrachtet werden sollten.

Die Aufgabe des Babys

Unabhängigkeit

Laut Erikson lautet das zu bearbeitende Thema in diesem Stadium „Autonomie versus Scham und Zweifel". Seine Definition von Autonomie lautet: „Das Recht auf Selbstbestimmung, persönliche Freiheit und Willensfreiheit."[1]

Natürlich ist es lächerlich anzunehmen, daß ein zweijähriges Kind das Stadium der Selbstbestimmung erreicht haben könnte. Es wird noch viele Jahre lang unter der Autorität und der Fürsorge der Eltern leben. Der Punkt ist hier auch nicht, daß das Kind in naher Zukunft über sich selbst bestimmen kann, sondern es sollte jetzt damit beginnen, Initiative und Unabhängigkeit zu entwickeln. Das Kind ist nun bereits in der Lage, zwischen der eigenen Person und der Person der Mutter zu differenzieren, und es entsteht ein vom Bild der Mutter getrenntes Selbstbild. Es kann seine Nase finden, seine Augen, seine Ohren, seine Zehen, und es kann im Unterschied dazu auf die Augen, Ohren und die Nase der Mutter zeigen.

Langsam entwickelt sich sein Selbstbild, und bis zum Ende dieses zweiten Stadiums sollte es eine eigene persönliche Identität entwickelt haben, die in dem kleinen Wort „ich" ihren Ausdruck findet. Im Gespräch mit dem Kind tauchen dann immer wieder die Redewendungen „ich bin", „ich kann" und „ich will" auf.

Das Kind beginnt eigene Entscheidungen zu treffen und hat Vorlieben und Abneigungen, die es mit großer Bestimmtheit zum Ausdruck bringt. Häufig setzt es jetzt auch das Wort „nein" ein.

„Wut, Bockigkeit, Widerstand und Rebellion sind normal und erwünscht, und ihr Fehlen ist eher Anlaß zur Sorge, denn es weist darauf hin, daß Energie und Antriebskraft, die später für Initiative und unabhängiges Handeln nötig sind, blockiert sind."[2]

Kontrolle

Freud nennt dieses Stadium die „anale Phase". Der Begriff erweckt den Eindruck, daß dieses Stadium ausschließlich der Sauberkeitserziehung gewidmet ist, und teilweise trifft das sogar zu. Früher wurde die Sauberkeitserziehung sicherlich als wichtigster Bestandteil dieser Entwicklungsphase betrachtet. Eine Mutter hielt sich nicht selten für eine Versagerin, wenn ihr Kind nicht spätestens mit zwei Jahren aus den Windeln war. Das ist jedoch nicht nur eine Angelegenheit von Blasen- bzw. Schließmuskelkontrolle, sondern eine Frage der Kontrolle ganz allgemein. Wenn es ungefähr ein Jahr alt ist, entdeckt das Kind, daß es Dinge festhalten und loslassen kann. Das ist der Zeitpunkt, wenn Mama beim Schieben des Buggys alle paar Schritte stehenbleiben muß, um den Teddy aufzusammeln, den der kleine Liebling zum x-ten Mal hat fallen lassen. Das Fläschchen oder der Trinkbecher können willentlich festgehalten oder fallen gelassen werden, und so beginnt die Zeit der klebrigen Fußböden!

Das Kleinkind gewinnt immer mehr Kontrolle über seine Bewegungen. Es krabbelt, es steht, und plötzlich kann es laufen. Am Ende des zweiten Lebensjahres ist das Kind dann soweit, daß es langsam und schrittweise ans Töpfchen gewöhnt werden kann. Ein Teil dieses Lernprozesses der Kontrolle besteht in der Erfahrung, daß das Kind einhalten oder loslassen kann. Ein Kind, das um Autonomie und Unabhängigkeit kämpft, kann die Frage der Sauberkeit zum Kampfplatz mit der Mutter machen. Andererseits besteht bei einem schüchternen und ängstlichen Kind die Möglichkeit, daß es unbedingt der Mutter gefallen möchte, seine Ängstlichkeit jedoch „Unfälle" und den Verlust der Kontrolle begünstigen.

Eine zu strenge Sauberkeitserziehung führt normalerweise zu Problemen. Je weniger Sorgen sich die Eltern machen, desto leichter wird es. Ich habe mit unserem ersten Kind auf diesem Gebiet einen unnötigen

Kampf ausgetragen, und der ganze Prozeß war von Spannungen und Frustration begleitet. Als die anderen dann soweit waren, beschloß ich, „südamerikanischer" zu reagieren und die ganze Sache lockerer zu sehen. Ich entspannte mich, und alles war dann ziemlich problemlos. Ich stellte fest, daß ein Kind in seinem Eifer ganz natürlich und leicht diesen Schritt zur Sauberkeit tut, wenn es fähig und bereit ist und nicht unter Druck gesetzt wird.

„Druck auszuüben in bezug auf Selbstkontrolle oder Konformität, bevor das genetische Muster dazu angemessen entfaltet ist, oder Ermutigung zum Genuß in einem Alter, wo sich eigentlich die Selbstbeherrschung des Kindes entwickeln soll, kann genauso schädlich sein wie das Verhalten von Eltern, die überhaupt nicht auf die Entwicklung ihres Kindes reagieren."[3]

Entdecken

Während ich dies schreibe, galoppiert mein einjähriger Enkel Philip auf allen Vieren über den Treppenabsatz auf mein Arbeitszimmer zu. Er ist auf Entdeckungsreise. Das Leben ist spannend, interessant und voller Überraschungen (sowohl für Philip als auch für seine Großmutter).

Er hat in seinem ersten Lebensjahr eine solide Grundlage an Vertrauen und Sicherheit bekommen, und nun folgt ganz automatisch das Entdecken. Wenn das Baby keine gute, starke, „haltende Umgebung" gehabt hat, dann neigt es dazu, jeder neuen Erfahrung mit Mißtrauen zu begegnen und vor allem Fremden und Neuartigen Angst zu haben.

Das klammernde, jammernde Kind manifestiert lediglich sein Mißtrauen gegenüber seiner Umgebung. Wenn es die erste Phase nicht ausreichend durchlebt und bearbeitet hat, ist es auf den bedeutenden Schritt, die Mutter loszulassen und die faszinierenden Dinge um sich herum zu entdecken, nicht vorbereitet. Michael Jacobs spricht von den „vielen ‚kleinen Toden', von denen die verschiedenen Lebensstadien begleitet sind, vom Verlassen der Sicherheit des Mutterleibes bis zu dem endgültigen Loslassen vor dem Sterben. Fast jede Veränderung bringt einen Verlust mit sich, aber auch einen möglichen Gewinn."[4]

Jede schwerwiegende Unterbrechung der vertrauten Lebensmuster des Kindes, speziell in bezug auf die Beziehung zu seiner Mutter, bewirkt, daß es sein Entdeckungsverhalten einstellt und in ein Stadium des Anklammerns zurückfällt. Ein Kind kann sich nicht auf die Aufgabe des Entdeckens konzentrieren, wenn es ständig mit der Frage beschäftigt ist, wo sich seine Mutter gerade aufhält, oder mit der Angst, sie könnte verschwinden. Sogar das sicherste Kind hat mehr Spaß an dieser Phase, wenn die Mutter erreichbar und in der Nähe bleibt. „Wenn die Mutter da ist oder das Kind genau weiß, wo sie sich aufhält, und wenn sie bereit ist, sich an einem freundlichen Austausch zu beteiligen, dann zeigt ein Kind normalerweise kein Klammerverhalten mehr, sondern erkundet statt dessen seine Umgebung. In diesem Fall kann man sagen, die Mutter bietet dem Kind einen sicheren Standort, von dem aus es auf Entdeckungsreise gehen und zu dem es immer zurückkehren kann, besonders wenn es müde wird oder Angst bekommt."[5]

Sprache

Ein einjähriges Kind braucht sehr viel Kommunikation. Jeden Tag versteht es mehr Wörter, auch wenn es nicht viel mehr sagen kann als „da da" und damit alles benennt. Es entwickelt große Geschicklichkeit darin, seine Bedürfnisse zu vermelden und ist nun nicht mehr vollständig darauf angewiesen, daß seine Eltern diese intuitiv erkennen. Es liebt Wiederholungen und muß dieselben Sätze und Lieder immer und immer wieder hören. In den vergangenen Monaten gehörte es bei uns zum Frühstücksritual, daß Opa ein bestimmtes Lied sang und Philip vor Vergnügen gluckste. Irgendwann am Vormittag folgt dann das Ritual, daß die kleinen Hunde auf einem Plakat in der Küche gezählt werden, wobei jeder einzelne Hund berührt wird.

Der Spracherwerb unterstützt die Selbstbeherrschung und die Selbstbestimmung. Ein Erwachsener zeigt wiederholt auf gefährliche Gegenstände und sagt: „Nein, nein! Nicht anfassen!" Und wenn es sich um etwas Heißes handelt, heißt es oft: „Ss, ss, heiß!" Mit fortschreitender Sprachentwicklung benutzt das Kleinkind dann die gehörten Wörter als Hilfe zur Selbstbeherrschung. Beispielsweise zockelt es langsam in Richtung Ofen, dann schüttelt es den Kopf, und man hört es sagen: „Nein, nein! Ss, ss!" Ebenso entwickelt sich mit fortschreitender Sprachentwicklung ein gewisses Maß an Selbstbestimmung. Ein laut gerufenes „Nane" bringt normalerweise die gewünschte Banane zum Vorschein.

Wörter sind ein wichtiger Bestandteil der Kommunikation, wenn auch nicht das einzige Mittel. In diesem Alter wird eine gute Grundlage gelegt, auch wenn zu viel Erfolgsdruck oder zu wenige Anreize die Entwicklung einer normalen Kommunikation behindern können.

Die Aufgabe der Eltern

Welche Anforderungen stellt ein Kind an seine Eltern, um dieses Entwicklungsstadium erfolgreich durchleben zu können?

Gute Grenzen

Ein Kind kann in diesem Alter weder seine eigenen Grenzen abstecken, noch hat es ein Gespür für sie. Sie müssen von anderen für das Kind festgesetzt werden. Als Person, die die Grenzen der Familie festsetzt und schützt, übernimmt der Vater jetzt eine wichtigere Rolle im Leben des Kindes. Bis zu diesem Zeitpunkt war noch nicht viel Eingreifen bezüglich der Disziplin erforderlich, und deshalb hat bisher die Hauptaufgabe des Vaters darin bestanden, der Mutter nötigenfalls bei der Versorgung des Babys (oder der anderen Kinder) zu helfen. Von nun an sind die Themen Disziplin und Kontrolle ständig aktuell, und wenn die Mutter hier allein entscheiden und handeln muß, dann fühlt sie sich möglicherweise sehr schnell ausgebrannt.

Der Grund für das Einsetzen und Definieren von Grenzen besteht darin, dem Kind die bestmögliche Umgebung für seine Aufgaben des Entdeckens und Erforschens zu geben. „In diesem Stadium braucht das Kind von den Eltern eindeutige, klar definierte Grenzen, die sowohl angemessen weit sein müssen (und es dem Kind gestatten, auszuprobieren und zu lernen, diese neuen Kräfte zu kontrollieren) als auch stabil und zuverlässig genug (um einen sicheren Raum zu schaffen, in dem diese neuen Energien ohne allzuviele Ängste freigesetzt werden können.)“[6]

Das Festsetzen von Grenzen ist in diesem Stadium ein Hauptanliegen, und normale Sicherheitsvorkehrungen gewährleisten so gut wie möglich, daß das Kind auch körperlich nicht zu Schaden kommt.

Emotionale Sicherheit

Wie wir ja schon festgestellt haben, vermittelt die zuverlässige Anwesenheit der Mutter dem Kind das nötige Vertrauen, um auf Entdeckungsreise zu gehen. Bei einer Untersuchung an älteren Schülern und Studenten, deren Lehrer den Eindruck hatten, daß sie von allgemein guter geistiger Gesundheit waren und eine vielversprechende Zukunft als Leiter und Sozialarbeiter hatten, kam heraus, daß „in fast allen Fällen beide Eltern noch lebten. Das typische Bild, das sich darstellte, war das eines glücklichen und friedlichen Elternhauses, in dem die Eltern sich die Aufgaben teilten, gemeinsame Interessen hatten und von den Kindern als liebevoll und gebend empfunden wurden. Sie sagten, daß sie sich in ihrer Kindheit bei ihrer Mutter sicherer gefühlt hätten als bei jedem anderen Menschen und daß sie sich stark mit dem Vater identifiziert hätten."[7]

Dieses Stadium ist eher von Aktivität als von Passivität gekennzeichnet, und es ist manchmal schwierig, die Kinder lange genug ruhigzuhalten, um ein bißchen mit ihnen schmusen und kuscheln zu können. Dennoch brauchen Kinder, egal welchen Alters, immer noch viel Körperkontakt, sowohl mit der Mutter als auch mit dem Vater. Das kann in Form von Raufereien mit dem Vater vor dem abendlichen Baden geschehen oder beim Ankuscheln an die Mutter bei der Gutenachtgeschichte. Egal in welcher Form, die körperliche Zuwendung ist von entscheidender Bedeutung für das Wohlbefinden des Kindes.

Stimulation

Väter fühlen sich manchmal bei der Kindererziehung überflüssig. Winnicott legt jedoch überzeugend dar, daß das Kind den Beitrag des Vaters nötig hat, und zwar nicht als Duplikat des Beitrags der Mutter, sondern als eigenes Element. Ein Teil seiner großen Bedeutung liegt in der Tatsache begründet, „daß der Vater — obwohl er eine vertraute Gestalt ist — sich vom Wesen her grundlegend von der Mutter unterscheidet, aus der das Kind hervorgegangen ist".

Um dem Kind ein Gefühl der Sicherheit zu vermitteln, muß die Mutter in der Beziehung zu ihrem Kind ein wenig langweilig und eintönig sein. Wir haben ja bereits festgestellt, daß „eine Mutter nur auf der Grundlage der Gleichförmigkeit das Kind bereichern kann".[8] Der Vater bringt Spannung und Abwechslung ins Leben des Kindes; seine Spiele sind anders als die der Mutter, sie sind stürmischer und aufregender und voller neuer Ideen, sie sind stimulierend und erweitern den Horizont des Kindes.

Mit fortschreitender Entfaltung in diesem Stadium wird dem Kind der Unterschied zwischen Mutter und Vater immer ein wenig deutlicher bewußt. Wenn es diesen Unterschied genießen und erleben darf, dann wird es den Übergang zum nächsten Entwicklungsstadium auf ganz natürliche Weise bewältigen und anfangen, eine eigene geschlechtliche Identität zu entwickeln. Robin Skynner erklärt John Cleese: „Das Kind braucht Eltern, die bestimmte Aktivitäten und Interessen gemeinsam haben, zumindest bei der Versorgung der Kinder. Aber für das Kind ist es ebenso wichtig, daß die Eltern sich unterscheiden, daß sie unterschiedliche Aufgaben haben und daß es die Unterschiede zwischen Vater und Mutter genießen und respektieren kann. Man braucht zwei Markierungen, um sich zu orientieren. Dabei ist es notwendig, daß diese Markierungen genügend weit voneinander entfernt sind."[9]

Altersgemäßes Spielzeug wirkt ebenfalls stimulierend, genau wie das ständige Wiederholen von Spielen und Liedern. Von besonderer Bedeutung ist auch die gelegentliche Gesellschaft anderer Kinder — vorausgesetzt, die Mutter ist in der Nähe und sorgt dafür, daß die Kinder sich sicher fühlen. Auch wenn die Beziehung zu anderen Kindern und das Spiel mit ihnen sich erst im nächsten Stadium richtig entfalten, braucht das Kind die Stimulation durch andere und das Bewußtsein, daß es außer ihm noch andere Kinder gibt. Schon mit anderthalb Jahren beginnt ein Kind, einem Säugling gegenüber Zuneigung zu zeigen und sehr interessiert auf andere Kinder zu reagieren. Unser letztes Kind wurde geboren, als das dritte genau anderthalb Jahre alt war, und ich kann mich noch gut daran erinnern, wie direkt Becky dem Baby ihre Zuneigung zeigte und wie zärtlich sie es streichelte.

Raum

Die Beschäftigung mit Grenzen, Kontrolle und Sicherheit sollte nicht mit dem Bedürfnis des Kindes nach Freiraum kollidieren, den es für seine Entdeckungsreisen braucht. Manche Eltern beschneiden durch ihre Ängstlichkeit die Aktivität des Kindes in einem Ausmaß, das seine Entwicklung bremst. Ich habe noch nie ein normales, lebhaftes Kleinkind erlebt, das gern stundenlang in einem Laufställchen saß. Wir haben versucht, unsere Kinder ans Ställchen zu gewöhnen, aber wir haben dabei nur festgestellt, daß es viel Quälerei und Frustration mit sich bringt. Es ist relativ einfach, einen Raum „kindersicher" zu machen, und Kinder in diesem Alter lassen sich noch sehr leicht ablenken, wenn sie mit einem gefährlichen Gegenstand spielen wollen. Ersatz ist in diesem Alter immer besser als vollständiges Abblocken, weil so unnötige Machtkämpfe vermieden werden können.

Wenn das Ziel die Entwicklung des Kindes zur Selbständigkeit und die Entdeckung der eigenen Persönlichkeit ist, dann braucht es sowohl physisch als auch psychisch Freiraum. Damit das Kind die Möglichkeit bekommt, zwischen der eigenen Person und der Person der Mutter zu unterscheiden, ist es wichtig, daß die Mutter langsam die ausschließliche Beschäftigung mit dem Kind lockert und ihm Freiraum bietet, in dem es seine eigene Persönlichkeit entfalten kann. Robin Skynner hebt immer wieder die wichtige Rolle des Vaters in diesem Prozeß hervor. Er soll der Mutter helfen, immer ein Stückchen mehr zu ihren Aufgaben als Ehefrau zurückzukehren und nicht das Kind als einzige Aufgabe zu betrachten. „Vielleicht hat der Vater hier seine entscheidende Funktion, nämlich der Mutter und dem Kind dabei zu helfen, sich immer ein wenig mehr voneinander zu lösen und dadurch die Selbstdefinition und Unabhängigkeit zu fördern. Dazu muß er jedoch anwesend sein und auch selbst aktiv werden."[10]

Enttäuschung

Inzwischen sollte „Seine Majestät, das Baby", entthront sein und langsam anfangen, ein gewöhnlicher Bürger zu werden — ganz einfach das Kind einer „Gerade-richtig-guten-Mutter". Und das geschieht, indem die Mutter ein bißchen versagt und das Kind hin und wieder enttäuscht.

Unser Enkel Philip zieht die Aufmerksamkeit jedes Erwachsenen auf sich. Er vergewissert sich ständig, ob seine neusten Kunststückchen auch genügend Beachtung und Bewunderung finden. Er umwirbt uns mit seinem Lächeln und Glucksen. Bei ihm könnte durchaus die Gefahr bestehen, daß er zu lange die Rolle des allmächtigen Babys einnimmt, wenn da nicht das neue Baby in der Familie wäre und Freunde, die zu Besuch kommen und die Aufmerksamkeit für kurze Augenblicke von ihm ablenken. Also durchleidet Philip gelegentlich eine Enttäuschung und ist bisweilen frustriert, und durch diese Erfahrungen wird er sich langsam daran gewöhnen, das Rampenlicht mit anderen zu teilen.

Versagen in diesem Stadium und mögliche Folgen

In unserer Beratungspraxis kommen wir jeden Tag mit Menschen zusammen, die aus verschiedenen Gründen und in unterschiedlichem Ausmaß dieses aufregende Entwicklungsstadium versäumt haben. Was kann schiefgehen?

Unvollständige Ablösung von der Mutter

Dieses Problem kann auftreten, wenn die Mutter das Kind braucht, damit es ihr das Gefühl einer Identität gibt und das Bedürfnis nach Nähe befriedigt, das sie, aus welchen Gründen auch immer, in der Beziehung zu ihrem Mann nicht bekommt. Ein anderer Grund kann darin liegen, daß diese Mutter selbst emotional geschädigt ist und ihre eigenen Trennungsängste auf ihr Kind überträgt.

Das kann im Verlauf des späteren Lebens zu Problemen führen, meistens im Alter von ungefähr zwanzig Jahren, manchmal bis zum Alter von fünfzig Jahren. Solche Menschen werden immer noch von ihren Müttern und deren Bedürfnis nach Nähe beherrscht. Ein junger Mann erzählte mir kürzlich auf einer Konferenz, daß er mit homosexuellen Empfindungen zu kämpfen hätte. Obwohl er schon Mitte Zwanzig war, versuchte er immer noch vergeblich, aus dem Elternhaus auszuziehen. Bei all seinen Bemühungen um mehr Selbständigkeit war er ständig von Schuldgefühlen geplagt, weil er sicher war, daß seine Mutter damit nicht fertig werden würde. Die gleichen Schwierigkeiten haben Mädchen, die sich nicht von ihren Müttern gelöst haben. Eine junge Frau, auf die dies zutraf, erzählte mir vor kurzem, daß es ihr sehr schwer fiele, Entscheidungen zu fällen, auch wenn es nur um den Kauf von Kleidung ginge. Ihre Mutter war immer mit ihr zusammen einkaufen gegangen und hatte ihr bei der Auswahl ihrer Garderobe geholfen. Obwohl ihre Mutter vor einiger Zeit gestorben war und sie nun rein physisch von ihr getrennt war, war sie doch emotional von der Mutter abhängig geblieben.

Zu viel oder zu wenig Aufmerksamkeit

Ein Erwachsener, der unter dem unverhältnismäßig starken Bedürfnis nach Unterstützung oder ungeteilter Aufmerksamkeit von anderen leidet, ist emotional in dem Entwicklungsstadium steckengeblieben, in dem das Kind die ungeteilte Aufmerksamkeit von Mutter und Vater will. Wenn ein erwachsener Mensch ständig die Aufmerksamkeit aller anderen braucht, dann liegt das in der Regel daran, daß er als Kind zu wenig oder zu viel Aufmerksamkeit bekommen hat. Entweder haben seine Eltern es zu ängstlich vermieden, es zu enttäuschen, so daß jetzt seine Forderungen nach Aufmerksamkeit überzogen sind, oder es ist zu früh und zu oft enttäuscht worden und hat nun ständig Hunger nach mehr.

Unregelmäßige Fürsorge

Obwohl das Kind seine Unabhängigkeit von der Mutter erlangen und sich von ihr lösen muß, braucht es ihre zuverlässige Präsenz, um diese

Loslösung vollziehen zu können. Ihre Gegenwart gibt dem Kind den Mut, zu erkunden und das Erkundete auszuprobieren. Die Abwesenheit der Mutter verwandelt die Welt in einen fremden, bedrohlichen Ort. Ich kenne ein Kind, das unter Asthma leidet. Dieses Kind hatte seinen ersten Anfall als Zweijährige, als die Mutter überraschend ins Krankenhaus mußte.

Wir alle können mit neuen Situationen besser umgehen, wenn vertraute Menschen um uns sind, aber ein Kind, das in seiner frühen Kindheit keine stetige Fürsorge erfahren hat, leidet später oft unter großer Unsicherheit. Solche Menschen haben oft schlimme Angst vor allem Unbekannten. Sie empfinden es sogar als problematisch, in Urlaub zu fahren. In Beziehungen sind sie oft entweder klammernd und abhängig, oder es geschieht genau das Gegenteil, sie werden unabhängig und unsozial. In beiden Fällen ist das Verhalten von Verlustangst bestimmt.

Auch wenn die Abwesenheit der Fürsorgeperson gute Gründe hat, bleiben bei dem Kind Empfindungen der Angst, des Zorns, der Ablehnung, ja sogar des Hasses. Die Geschichte von Reggie veranschaulicht, welch zwiespältige Gefühle ein Kind erfährt, wenn eine Beziehung, auf die es sich verlassen hat, zerstört wird. Reggie hatte fast sein ganzes Leben in einem Kinderheim verbracht und während dieser Zeit eine enge Beziehung zu zwei Kinderpflegerinnen entwickelt, die sich abwechselnd um ihn kümmerten. Seine innige Beziehung zu einer der beiden, „seiner" Pflegerin, wurde plötzlich zerstört, als diese heiratete. Nachdem sie das Heim verlassen hatte, war er völlig verstört und verzweifelt. Als die besagte Erzieherin ihn nach vierzehn Tagen besuchte, würdigte er sie keines Blickes. Er wendete sich ab, wenn sie mit ihm sprach, aber als sie dann den Raum verlassen hatte, starrte er noch lange die verschlossene Tür an. Als er an diesem Abend ins Bett gebracht wurde, setzte er sich noch einmal im Bett auf und sagte: „Meine einzige Mary Ann! Aber ich mag sie nicht" (Burlingham and Freud 1944).[11]

Während einer Therapie schrieb ein elfjähriger Junge ein ausdrucksstarkes Gedicht. Seine Mutter war gestorben, als er fünfzehn Monate alt war, und er hatte bereits bei mehreren Pflegemüttern gelebt.

Jumbo had a baby dressed in green,
Wrapped up in paper and sent it to the Queen.
The Queen did not like it because it was too fat,
She cut it up in pieces and gave it to the cat.
The cat did not like it because it was too thin,
She cut it up in pieces and gave it to the King.
The King did not like it because he was too slow,
Threw it out the window and gave it to the crow.[12]

Ein anderes Mal, als sein Therapeut in Urlaub ging, brachte er seine Verzweiflung in Form eines traditionellen Liedchens zum Ausdruck:

Oh, my little darling, I love you;
Oh, my little darling, I don't believe you do.
If you really loved me, as you say you do,
You would not go to America and leave me at the Zoo.[13]

In einem Menschen, dem eine kontinuierliche Fürsorge versagt war, können Zorn, Ablehnung und Haß schlummern. Diese Empfindungen kommen oft erst sehr viel später an die Oberfläche, wenn die Chance oder die Gefahr besteht, daß sich Zuneigung zu einem anderen Menschen entwickeln könnte. Dann können zwiespältige Gefühle des Hasses und der Liebe die Beziehung belasten.

Mangel an elterlicher Unterstützung

Wenn ein Kind neue Fertigkeiten erlernt, braucht es ständig Lob und Ermutigung. Ein Mangel an Interesse oder zuviel Kritik vermitteln ihm das Gefühl des Versagens. Sein Denken ist von negativen Gedanken über sich selbst und seine Umwelt besetzt.

Eine weitere Bedrohung für das Selbstwertgefühl des Kindes besteht, wenn es von Erwachsenen ausgelacht oder beschämt wird. Für ein Kind, das von Erwachsenen ausgelacht oder erniedrigt wird, kann das Erwachsenwerden außerordentlich schwierig werden, denn auf lange Sicht wird sein Selbstbild negativ beeinflußt.

Kenneth Rose schildert die Kindheit von Lord Curzon und die Art der Demütigung und Beschämung, die er durch eine Gouvernante erfuhr. Noch lange Zeit erinnerte er sich an solche Erlebnisse, und wer weiß, wieviel diese später dazu beitrugen, daß er ein so ausgesprochen schwieriger Mensch war. Seine eigene Beschreibung dieser Zeit ist herzzerreißend.

„Sie verfolgte und schlug uns auf grausamste Weise, ...band uns stundenlang an unseren Stühlen fest, ...schloß uns in dunklen Zimmern ein, ...verletzte unseren Stolz, indem sie uns (und speziell mir) rote schimmernde Kattun-Petticoats anzog ... und einen riesigen kegelförmigen Hut aufsetzte. Auf den Hut und auf unsere Brust nähte sie dann große Buchstaben aus Papier, die die Worte Lügner, Angeber, Feigling, Tolpatsch und ähnliches bildeten. In dieser Verkleidung mußten wir dann nach draußen gehen..., manchmal eine ganze Strecke, und uns den Gärtnern ... und den Dorfbewohnern zeigen."[14]

Menschen werden nicht mit Selbstvertrauen geboren, sondern es entwickelt sich in einer liebevollen, ermutigenden Umwelt. In einer harten, kritikgeprägten Umwelt dagegen wird es zerstört.

Übertriebene Kontrolle

Früher war man der Meinung, daß man ein Kind körperlich züchtigen muß, um es nicht zu verwöhnen. Es stimmt zwar, daß jedes Kind Gehorsam lernen muß, aber die Art und Weise, wie das geschieht, kann entweder hilfreich oder schädlich sein.

Übertriebene Kontrolle und zu strenge Disziplin sind ein schlechter Nährboden für den zarten Geist eines Kindes; das wird an den sich später entwickelnden Früchten deutlich.

Ein solches elterliches Verhalten führt dazu, daß aus dem Kind ein Erwachsener wird, der sein Leben durch Regeln und Gesetze überkontrolliert. Es kann sein, daß er schon lange nicht mehr zu Hause lebt, die kontrollierenden Eltern jedoch so sehr verinnerlicht hat, daß er auch weiterhin so lebt, als müsse er durch sein Verhalten ständig seine Eltern zufriedenstellen. Es kommt sogar vor, daß ein solcher Erwachsener sein Bedürfnis, es den Eltern recht zu machen, auf Gott projiziert und ein gesetzlicher Christ wird, der ständig Angst hat, dem strengen, grausamen Gott, den er wahrgenommen hat, vielleicht nicht zu gefallen.

Eine weitere Folge zu strenger Kontrolle kann darin bestehen, daß die betreffende Person sich später als Erwachsener gegen jede Form der Kontrolle wehrt und auflehnt und scheinbar bewußt ein völlig disziplinloses Leben führt. Eine Freundin von mir kam jedesmal zu spät, wenn wir verabredet waren. Dabei schienen all ihre Lebensbereiche ansonsten wohlgeordnet. Ich konnte diese Haltung nicht verstehen, bis ich erfuhr, daß ihr Vater Soldat und in bezug auf Pünktlichkeit übergenau gewesen war, so sehr, daß alle Uhren zu Hause fünf Minuten zu früh gingen. Obwohl meine Freundin ihren Vater liebte und achtete, war ihre Unpünktlichkeit eine wortlose Geste der Rebellion gegen die überstrenge Kontrolle des Vaters in bezug auf Pünktlichkeit.

Ungleichmäßige Kontrolle und unzuverlässige Grenzen

Wenn die fürsorgenden Personen nicht dafür Sorge tragen, daß sich ein Kind in seiner Umwelt sicher fühlt, indem sie Kontrollen einführen und zuverlässige Grenzen setzen, dann kann sich aus dem Kind ein Erwachsener entwickeln, der später seine Umwelt nur durch übermäßige Kontrolle in den Griff bekommen kann. Das kann in Form von Perfektionismus geschehen oder durch irgendeine Form zwanghaften Verhaltens.

Unzuverlässige Grenzen bewirken, daß ein Kind nicht weiß, wie weit es gehen kann. Dann lebt ein Erwachsener beispielsweise so, als existierten keine Grenzen. Ich kenne einen Mann, dessen Vater seine Autorität an die Mutter abgegeben hatte. Leider war sie zu erschöpft und zu beschäftigt, um ihrem Sohn kontinuierlich Disziplin zu vermitteln. Er konnte tun und lassen, was er wollte. Als junger Erwachsener geriet er mit dem Gesetz in Konflikt und schien unfähig, sein Leben in den Griff zu bekommen. Im Lauf der Jahre geriet er in immer größere Schwierigkeiten. Inzwischen ist er Ende Fünfzig, hat einen Berg Schulden, Alkoholprobleme, und seine dritte Frau droht ihn zu verlassen.

Besonders für Jungen ist es außerordentlich wichtig, daß der Vater gute, vernünftige und zuverlässige Grenzen setzt. Das trägt mehr zum Wohl des Kindes bei als viele teure Geschenke, mit denen Kinder heutzutage oft überhäuft werden.

Eifersucht und Rivalität unter Geschwistern

Der günstigste Zeitpunkt für die Geburt eines zweiten Babys ist dann, wenn das erste Kind in diesem zweiten Stadium ist, also zwischen anderthalb und drei Jahren. So gut Eltern ihr Kleinkind auch auf die Ankunft eines zweiten Kindes vorbereiten mögen, es reagiert dennoch häufig schwierig. Manche Kinder entwickeln sich zurück, andere werden sehr fordernd und klammern. Wieder andere sind aggressiv, besonders gegen den Neuankömmling, und in seltenen Extremfällen zieht sich das Geschwisterkind ganz in sich selbst zurück und weigert sich, überhaupt Beziehungen einzugehen. Wieder andere sind wie eines unserer Mädchen, das beschloß, daß das neue Baby ihr gehörte, verhielt sich übervorsichtig und fühlte sich verantwortlich.

Obwohl jedes Kind mit der Ankunft eines Geschwisterkindes anders umgeht, ist es doch wichtig, daß wir verstehen, welch enorme Anpassungsleistung es dabei erbringen muß und daß es einfach Zeit braucht, um mit dem kleinen „Eindringling" fertig zu werden. Es ist hilfreich, die negativen Gefühle des Kindes zu akzeptieren und ihm zu helfen, diese Gefühle auch angemessen zum Ausdruck zu bringen. Ein Kind kann bereits sehr früh lernen, „inakzeptable" Empfindungen zu unterdrücken und sich auch äußerlich diese Empfindungen nicht anmerken zu lassen. Unser ältester Enkel benahm sich ganz annehmbar, als sein kleiner Bruder geboren wurde. Gelegentlich war er ein bißchen grob mit dem Säugling und vielleicht auch ein wenig ungezogener als gewöhnlich, aber oberflächlich betrachtet schien er gut mit der neuen Situation fertig zu werden. Aber seine negativen Empfindungen kamen dann doch hoch. Eines Nachts wachte er schreiend auf und behauptete steif und fest, daß er seinem kleinen Bruder den Kopf abgerissen hätte. In der festen Überzeugung, er hätte den Kopf in der Küche in die Ecke geworfen, führte er seine Mutter nach unten, um ihr die Stelle zu zeigen. Es dauerte eine ganze Weile, bis sie ihn davon überzeugt hatte, daß es nur ein Traum war.

Eifersucht und Rivalität in Beziehungen zwischen Erwachsenen können Relikte aus einer solchen schwierigen Übergangszeit von „Mamas-ein-und-alles“ zum Teilen mit dem jüngeren Geschwisterchen sein. Das Gefühl, ständig übersehen zu werden und zu kurz zu kommen oder ständig von anderen ausgenutzt zu werden, kann später den Erwachsenen begleiten, der frühzeitig gelernt hat, Gefühle der Eifersucht auf Geschwisterkinder zu unterdrücken.

Eine Frau litt ihre gesamte Schulzeit hindurch unter dem Gefühl, von allen abgelehnt zu werden. Beim Gespräch und Gebet mit ihrem Seelsorger erinnerte sie sich daran, wie ihre Mutter zur Entbindung ihrer kleinen Schwester ins Krankenhaus gegangen war. Bei dieser Erinnerung hatte sie angefangen zu weinen und berichtete, wie weh es ihr getan hatte, daß all die Erwachsenen das neue Baby bewundert und sie übersehen hatten.

Eine ältere Frau kam zur Beratung, weil sie unter Depressionen und gelegentlichen Wutanfällen litt. Die Depressionen und Wutausbrüche traten immer dann auf, wenn sie das Gefühl hatte, von ihrer Familie übersehen oder in ihren Gefühlen mißachtet zu werden. Auch bei ihr war das tiefgreifendste Ereignis in ihrer Kindheit (wie in dem vorigen Beispiel) die Geburt ihrer jüngeren Schwester gewesen. Während wir zusammen beteten, kam der Frau das Bild von sich selbst als kleines Mädchen zu dem Zeitpunkt, als die Schwester geboren wurde; sie sah sich selbst, wie man sie draußen in der Kälte hatte stehenlassen, und sie fühlte sich im einen Augenblick wütend und im nächsten traurig und einsam.

Bei jedem Gebäude wird zuerst ein Fundament gelegt. Das Fundament bestimmt die Form und die Stabilität des künftigen Bauwerks. Fehlerhafte Fundamente führen zu Problemen beim fertigen Gebäude. Wie gesagt, beeinflußt das in der frühen Kindheit eines Menschen gelegte Fundament sein Verhalten im späteren Leben. Viele unserer Probleme haben ihre Ursache in frühkindlichen Erlebnissen und Erfahrungen. Das dritte Entwicklungsstadium ist ebenso grundlegend wie dieses zweite, allerdings aus anderen Gründen.

Arbeitsteil

1. Wenn dieses Stadium der Kindheit nicht richtig durchlebt worden ist, kann es zu einer ganzen Reihe unerklärlicher Probleme kommen. Können Sie sich in folgenden Aussagen wiederfinden?
   - Homosexuelle Phantasien
   - Unentschlossenheit
   - Unnormale Schuldgefühle oder übersteigertes Verantwortungsgefühl
   - Anklammern an mütterliche Frauen
   - Schwierigkeiten bei der Loslösung von Ihrer Mutter
   - Zwiespältige Gefühle den Menschen gegenüber, die Ihnen nahestehen
   - Negatives Denken und übersteigerte Selbstkritik
   - Mangel an Zuversicht
   - Übersteigerte Kontrolle und zwanghaftes Verhalten
   - Fehlende Selbstdisziplin
   - Eifersucht
   - Übersteigertes Bedürfnis nach Aufmerksamkeit

2. Beten Sie mit der Person Ihres Vertrauens. Sprechen Sie mit Gott über die Punkte der Liste, bei denen Sie sich wiedererkennen, und bitten Sie ihn, Ihnen die Ursachen dafür zu zeigen.
   Beschreiben Sie laut jede genauere Erinnerung, die sich einstellt. Lassen Sie zu, daß die Empfindungen und Gedanken im Zusammenhang mit diesen Erinnerungen an die Oberfläche gelangen und zum Ausdruck gebracht werden.

3. Danach bitten Sie Gott, Ihre Erinnerung zu heilen. Lassen Sie ihm dabei viel Zeit.

4. Notieren Sie alle irrationalen Überzeugungen, die Sie gehabt haben, in Ihrem „Zwei-Weg-Tagebuch". Geben Sie Gott Zeit, Ihnen seine Wahrheit zu offenbaren, und schreiben Sie auf, was Gott Ihnen mitgeteilt hat.

5. Wenn Ihre Einstellungen falsch gewesen sind, denken Sie daran, daß Buße und Umkehr ein Teil des Heilungsprozesses sind. „Die Traurigkeit nach Gottes Willen wirkt zur Seligkeit eine Reue, die niemanden reut" (2 Kor 7,10). Es ist ebenfalls von entscheidender Bedeutung, denen zu vergeben, die uns unsere Verletzungen zugefügt haben (Mt 6,14f).

6. Fahren Sie fort, Gott die schmerzlichen Erinnerungen aus Ihrer Kindheit mitzuteilen. Haben Sie keine Angst vor der damit verbundenen Trauerarbeit, aber hüten Sie sich vor Selbstmitleid.

7. Falsche Verhaltensmuster haben sich in Ihrem Leben vielleicht negativ ausgewirkt. Wenn das zutrifft, versuchen Sie, diese Muster zu ändern. „Legt von euch ab den alten Menschen mit seinem früheren Wandel, der sich durch trügerische Begierden zugrunde richtet. Erneuert euch aber in eurem Geist und Sinn und zieht den neuen Menschen an, der nach Gott geschaffen ist in wahrer Gerechtigkeit und Heiligkeit" (Eph 4,22-24).

8. Wenn Sie Schwierigkeiten haben, Ihr Elternhaus zu verlassen oder sich von Ihrer Mutter zu lösen, stellen Sie sich folgende Fragen:
   - Bin ich gefühlsmäßig immer noch von ihr abhängig?
   - Brauche ich ihre Unterstützung?
   - Brauche ich ihre Zustimmung?
   - Kann ich mein Leben ohne sie nicht bewältigen?
   - Hat die Beziehung zu meiner Mutter einen beherrschenden Einfluß auf mein Leben?
   - Muß ich mich von ihr lösen?

9. Wenn Ihre Antworten überwiegend positiv waren, dann könnten Ihnen vielleicht die folgenden Übungen eine Hilfe sein.
   a) Schließen Sie die Augen und stellen Sie sich im Zusammensein mit Ihrer Mutter vor.
   b) Bitten Sie Gott, Ihnen zu zeigen, an welchen Stellen Sie immer noch an sie gebunden sind.
   c) Bitten Sie Gott um die Kraft, einen Lösungsprozeß in Gang zu setzen.
   d) Stellen Sie sich vor, Sie sind mit einem Seil an Ihrer Mutter befestigt. Das Seil besteht aus mehreren Strängen. Lassen Sie sich Zeit, die einzelnen Stränge zu untersuchen und herauszufinden, woraus sie bestehen.
   e) Beschließen Sie, frei zu sein. Jetzt nehmen Sie eine Schere und zerschneiden das Seil.
   f) Stellen Sie sich bildlich vor, wie Sie von ihr getrennt und frei dastehen.
   g) Bitten Sie Jesus, sich zwischen Sie und Ihre Mutter zu stellen. „Wen der Sohn frei macht, den macht er recht frei" (Joh 8,36).
   h) Achten Sie auf die Gedanken und Gefühle, die Sie haben, nachdem Sie gelöst worden sind.

i) Notieren Sie diese Gedanken und Gefühle in Ihrem „Zwei-Weg-Tagebuch". Geben Sie Gott Zeit, darauf zu reagieren. Schreiben Sie auf, was er Ihnen sagt.
j) Erstellen Sie eine Liste mit den Unterschieden zwischen Ihnen und Ihrer Mutter.
k) Finden Sie in der kommenden Woche eine Sache heraus, die Sie tun können, um die alten Verhaltensmuster zu durchbrechen und die Trennung zu einer Tatsache in Ihrem Leben zu machen.
l) Versuchen Sie, Ihre Mutter nicht zu verletzen, während Sie das tun, aber denken Sie daran, daß Sie nicht für ihre negativen Gefühle verantwortlich sind. Jemanden vor seinen eigenen negativen Empfindungen zu schützen trägt nur dazu bei, daß er/sie in seinem/ihrem unreifen Zustand steckenbleibt.
m) Nehmen Sie sich Zeit, Gott für Ihre Mutter zu danken und für das individuelle, von ihr getrennte Leben, das er Ihnen gegeben hat.

7. Sexualität — ausgenutzt oder erforscht
(3. Stadium, 3 – 6 Jahre)

„*Das Fundament der Familie ist die Beziehung zwischen den Eltern.*"
(Madeleine Davis und David Wallbridge)[1]

Ein befreundetes Ehepaar fragte einmal einen Kinderpsychologen, was es seinen Kindern geben könnte, um ihnen Sicherheit zu vermitteln. „Lieben Sie sich!" lautete seine Antwort. Wir werden die Weisheit dieser Aussage noch besser verstehen, wenn wir einmal die Bedürfnisse eines Kindes näher betrachten, einschließlich der Bedürfnisse des Kindes, das wir selbst in diesem dritten Entwicklungsstadium einmal waren. Wir haben ja bereits festgestellt, daß in den ersten Lebensmonaten des Menschen Vertrauen und Abhängigkeit die dominierenden Aspekte sind. Obwohl der Vater von Anfang an eine wichtige Rolle spielt, bekommt er erst im zweiten Entwicklungsstadium konkretere Aufgaben, dann nämlich, wenn Grenzen und Kontrolle wichtige Themen sind. Im dritten Entwicklungsstadium ist das heranreifende Kind so weit, sich mit der Komplexität einer Beziehung zu einem Paar auseinanderzusetzen, zu seinen Eltern nämlich, zu denen es ja bereits als Einzelpersonen gute, stabile Beziehungen hergestellt hat.

Der Bericht des Lukas über die Geburt und die Kindheit von Jesus ist in diesem Zusammenhang von großer Bedeutung. Sofort nach der Geburt Jesu wird erwähnt, daß Maria das Baby versorgte. „Und sie gebar ihren ersten Sohn und wickelte ihn in Windeln und legte ihn in eine Krippe; denn sie hatten sonst keinen Raum in der Herberge" (Lk 2,7). Im weiteren Verlauf der Geschichte werden Maria und Josef fast immer als Paar erwähnt. Als Jesus dann älter ist, spricht Lukas von „seinen Eltern". Dreimal erwähnt Lukas Maria und Josef zusammen und bezeichnet sie dabei als „seine Eltern", und etwa zur gleichen Zeit wird Jesus als eigenständige, von den Eltern gelöste Persönlichkeit dargestellt. Gleichzeitig erfahren wir, daß Jesus Beziehungen außerhalb der Familie knüpft.

„Bei unserer Geburt wissen wir nicht, daß wir von unseren Müttern getrennt sind. Erst ganz langsam entdecken wir das und nehmen dann die schwere Aufgabe in Angriff, unsere eigene persönliche und geschlechtliche Identität von der ihren zu trennen."[2]

Bis zum Ende der zweiten Entwicklungsphase sollte diese schwere Aufgabe bewältigt sein, und das Kind sollte eine eigene, persönliche Identität haben. Im Alter von drei bis vier Jahren wird über die geschlechtliche Identität entschieden. Ein Junge weiß dann, daß er so beschaffen ist wie der Papa; daß er das Gegenstück von der Mutter ist. Das Mädchen weiß, daß es so ist wie die Mutter, das Gegenstück zum Vater.

Mein dreijähriger Enkel machte eine tiefgründige Bemerkung über seinen sechs Monate alten Bruder. „Jetzt ist Sam ein Junge", sagte er zu mir.

„Und was war er vorher?" fragte ich erstaunt.

Ashley überlegte eine Weile und sagte dann ganz ernsthaft: „Ein Baby!"

Zunächst verstand ich nicht, warum Sams Geschlechtlichkeit für Ashley plötzlich von Bedeutung war. Aber langsam dämmerte mir dann, daß Ashleys Aussage lediglich sein wachsendes Bewußtsein in bezug auf Geschlechtlichkeit widerspiegelte. Er fing an, Leute zu unterscheiden und dem Geschlecht entsprechend zuzuordnen. „Der da ist ein Junge, so wie ich, und die da ist ein Mädchen wie die Mama." Er war genau in dem Alter, in dem diese Entwicklung normalerweise stattfindet.

Es kann zu sexuellen Störungen kommen, wenn, aus welchen Gründen auch immer, diese Entwicklung blockiert wird oder nur unzureichend stattfindet. Zwar sollte die geschlechtliche Identität mit dem Anfang des dritten Entwicklungsstadiums mehr oder weniger klar sein, aber in den folgenden paar Jahren wird sie weiter ausgebaut, und es werden die entsprechenden Rollen entwickelt. Auf der Grundlage dieses Sachverhalts gibt es mehrere näher zu beleuchtende Themen.

Themen des Kindes

Die Beziehung zu den Eltern

In den ersten Monaten und Jahren spielen sich die Beziehungen eines Kindes fast ausschließlich im Verhältnis eins zu eins ab. Das Kind genießt es, Mittelpunkt zu sein. Mit der Zeit wächst dann seine Fähigkeit, von der Mutter getrennt zu sein und andere Menschen in die Beziehung mit hineinzulassen. Das Kind lernt, seine Allmachtsposition aufzugeben. Diese Entwicklung befähigt es, auch mit komplexeren Beziehungen umzugehen. Im Rahmen der Beziehung zu seinen Eltern kann es jetzt bis zu einem gewissen Grade ertragen, auch einmal ausgeschlossen zu sein, und es kann mit der sich daraus ergebenden Eifersucht fertig werden. Sein wachsendes Gefühl der eigenen Identität befähigt es, die Eltern als Paar zu betrachten, das miteinander verbunden ist und von dessen Gegenwart es manchmal ausgeschlossen ist. Das hilft ihm bei der Fortsetzung seiner Aufgabe, sich von der Mutter zu lösen, und ist seine erste wichtige Lektion in Sachen Teilen und Abwechseln. Es ist eine gute Vorbereitung auf Kindergarten und Schule und hilfreich beim Schließen von Freundschaften.

Es ist ganz in Ordnung, wenn sich eine Zeitlang alles nur um das Kind dreht, denn dadurch entsteht ein gutes Fundament in bezug auf Sicherheit und Selbstwertgefühl. Dieser Zustand sollte jedoch nicht länger andauern, als es für das Kind gut und gesund ist. Die Eltern müssen sich aus der Rolle der gehorsamen, stets bereiten Haussklaven, die ihre eigenen Bedürfnisse zugunsten der Bedürfnisse des kleinen Alleinherrschers zurückstellen, zurückziehen. Wenn sie diesen Schritt nicht tun, hat das katastrophale Folgen.

Ich habe einmal eine Familie besucht, in der sich der Vater wie ein Tyrann aufführte. Er forderte beispielsweise seine Mahlzeiten, wenn ihm danach war, ohne Rücksicht auf den Rest der Familie. Er bekam Extraessen vorgesetzt; er allein bestimmte, welche Fernsehsendungen gesehen wurden, und manchmal stellte er den Fernseher einfach ab, ohne sich darum zu kümmern, ob die anderen noch weitersehen wollten. Ich hatte den Eindruck, daß er als Kind keine Mutter, sondern eine Sklavin gehabt hatte!

Erwachsene, die in zwischenmenschlichen Beziehungen solche ungesunden Züge an den Tag legen wie zum Beispiel das zwanghafte Bedürfnis, immer im Mittelpunkt zu stehen, oder übersteigerte Eifersucht, sind wahrscheinlich in der Entwicklungsphase steckengeblieben, in der sie nur auf eine einzige Person bezogen waren, und sie haben nie die Aufgabe in Angriff genommen, sich auf ein Paar zu beziehen.

Interesse an den Genitalien

Freud nennt diesen Abschnitt „genitale Phase", zum Teil deshalb, weil etwa in diesem Alter das Kind seine Genitalien entdeckt und anfängt, die schönen Gefühle zu genießen, die seine Geschlechtsteile ihm vermitteln können. Es wird sich der körperlichen Unterschiede zwischen den Geschlechtern bewußt, und es versucht, die Unterschiede zu erkunden, wann immer sich ihm Gelegenheit dazu bietet. Das ist eine völlig harmlose Angelegenheit, die auf ganz normaler kindlicher Neugier beruht und noch absolut nichts mit dem Geschlechtstrieb zu tun hat. Wenn Eltern auf solche Spiele sensibel reagieren und nur dann eingreifen, wenn die Grenzen sozialen Anstands dabei überschritten werden, trägt die Erkundung des eigenen Körpers und der Körper anderer Kinder zur wachsenden geschlechtlichen Identität des Kindes bei.

Erst kürzlich habe ich erlebt, wie fünf von unseren Enkelkindern nackt im Planschbecken im Garten spielten. Solange die Kinder im Garten waren, sagte niemand etwas über ihre Nacktheit. Als sie jedoch zum Nachmittagstee hereinkamen, schlug meine Tochter den Jungen vor, sie sollten doch wieder ihre Hosen anziehen.

„Warum?" fragte der Fünfjährige. „Weil du schon zu groß bist, um ohne Kleider im Haus herumzulaufen", erklärte sie. Auf diese Weise wurde gutes Benehmen vermittelt, ohne das Kind in seiner Geschlechtlichkeit zu verurteilen oder zu beschämen.

Flirten mit dem gegengeschlechtlichen Elternteil

Dieses Stadium ist außerdem durch den „ödipalen Konflikt" gekennzeichnet. Nach der griechischen Sage tötete Ödipus, ohne es zu wissen, seinen Vater und heiratete seine Mutter. Das wachsende Empfinden für seine Geschlechtlichkeit veranlaßt das Kind, mit dem gegengeschlechtlichen Elternteil zu flirten. Wir stellen fest, daß der kleine Danny, der bisher fest an Papas Seite gestanden hat, gegenüber von Mama, der bisher einzigen Frau in seinem Leben, die Fronten gewechselt hat. Er wird zu Papas Rivalen um ihre Zuneigung und versucht auf Biegen und Brechen, ihre Aufmerksamkeit zu erheischen und sie und den Vater auseinanderzubringen. Er schmust mit ihr und küßt sie, verlangt immer mehr Zeit für sich beim Zubettgehen, fordert immer längere Gutenachtgeschichten, und am liebsten muß Mama am Bett sitzen bleiben, bis der Kleine eingeschlafen ist. Nachts kommt er dann aus irgendwelchen Gründen in ihr Bett und trennt die Eltern auch körperlich, indem er sich zwischen sie legt.

Das alles ist ganz normal und Teil einer gesunden Entwicklung, vorausgesetzt, die Mutter reagiert richtig. Der Kleine muß erkennen, daß Mama ihn liebhat, daß sie seine Aufmerksamkeitsbezeugungen schön findet, daß sie seine Männlichkeit bewundert, aber daß sie zu Papa gehört und deshalb für eine zu innige und exklusive Beziehung nicht zur Verfügung steht. Auf dieses Weise erfährt der Junge Bestätigung in bezug auf seine Geschlechtlichkeit und braucht deshalb weder Angst noch Schuldgefühle zu haben, was wahrscheinlich der Fall wäre, wenn die Mutter unangemessen reagieren würde. Mit anderen Worten: Das

Schädlichste für den kleinen Jungen ist es, wenn er den Konkurrenzkampf gewinnt und „Mamas Liebling“ oder „Mamas kleiner Mann“ wird.

Die Folge einer solchen inzestuösen Beziehung kann beim Kind Verwirrung in bezug auf die eigene Geschlechtlichkeit und Identität sein.

Das gleiche gilt für das kleine Mädchen, das mit Papa flirtet, auf seinem Schoß sitzt, ihm die Haare frisiert, ihn küßt und mit ihm schmust. Sie muß ihre weibliche Anziehungskraft an ihm ausprobieren, und sie braucht die Rückmeldung, daß Papa sie umwerfend findet und sehr anziehend, daß jedoch jegliche Art einer sexuellen Beziehung völlig außer Frage steht, denn die ist ausschließlich der Mama vorbehalten. Auf diese Weise wird das Mädchen in seiner geschlechtlichen Identität bestärkt. Indem es jedoch den Konkurrenzkampf gegen Mama verliert, braucht es keine Schuldgefühle mit sich herumzuschleppen oder Angst vor Vergeltung zu haben, beides Faktoren, die die Entwicklung seiner Geschlechtlichkeit hemmen und beeinträchtigen könnten.

Wenn wir uns mit der Entwicklung von Kindern beschäftigen, müssen wir unsere Aufmerksamkeit auf die Bedeutung des Ödipuskomplexes in der emotionalen Entwicklung der Drei- bis Fünfjährigen richten. „Das Verständnis der Eltern kann dem Kind eine große Hilfe bei der erfolgreichen Lösung der Konflikte in diesem Alter sein.“[3]

Die Aufgaben der Eltern

Auch wenn dieses Entwicklungsstadium bei schlechter Handhabung durch die Eltern für das Kind schwierig und nicht gefahrlos ist, und auch wenn ein Versagen in diesem Stadium zu Problemen im späteren Leben führen kann, so ist die Aufgabe, vor die die Eltern hier gestellt sind, relativ unkompliziert. Das Wichtigste ist, die bestehenden einfachen Regeln einzuhalten und dem Kind nicht nachzugeben; denn wenn die Eltern einmal solche Regeln außer Kraft setzen oder übergehen, versucht das Kind immer wieder, sie außer Kraft zu setzen. Wenn sie dem Kind helfen wollen, dieses Entwicklungsstadium gut zu bewältigen, müssen sie bestimmte grundlegende Fakten klarstellen.

Gott steht an erster Stelle

Eltern, die ihren Glauben an einen liebenden Gott leben und durch einen entsprechenden Lebensstil dokumentieren und belegen, geben ein kostbares Erbe an ihre Kinder weiter. Erstens hat das Kind die Sicherheit, von seiner Familie und von der Liebe Gottes umgeben zu sein. Zweitens findet es Sicherheit in dem Wissen, daß seine Eltern entschlossen sind, sich selbst und ihrer Familie stabile ethische Grenzen zu setzen. Ein Kind muß wissen, daß diese Grenzen aus gutem Grund bestehen und daß sie unverrückbar sind. Sexuelle Unordnung, Hexerei, Gotteslästerung, unanständiges Gerede, Lügen, Betrug und Diebstahl sind Themen, bei denen alle christlichen Eltern unverrückbar fest stehen müssen. Zunächst sollten sie durch ihr Leben die positive Wirkung und die Kraft solcher Grenzen demonstrieren, und dann, nachdem sie ihre Kinder durch ihr Beispiel motiviert haben, sollten sie die Kinder diese Grenzen kontinuierlich die ganze Kindheit hindurch lehren. Erklärungen und Diskussionen haben ihren Platz, aber die Ablehnung der elterlichen Maßstäbe und des elterlichen Glaubens im Teenageralter ist oft das Ergebnis von zu vielem Reden und zu wenigen Taten der Eltern in diesem viel früheren Entwicklungsstadium. Kinder haben ein Gespür für Unehrlichkeit und Widersprüche.

Wenn dann später der Gruppendruck auf das Kind zunimmt, werden die Achtung und die Liebe, die ein Kind seinen Eltern gegenüber empfindet, zu entscheidenden Faktoren, wenn es darum geht, solchem Druck standzuhalten.

Vater und Mutter sind Herr der Lage

Neben dem Leben in den von Gott gesetzten Grenzen und der Erhaltung dieser Grenzen aus Gründen der Sicherheit müssen auch die Grenzen der Beziehung zwischen den Eltern klar gesetzt und aufrechterhalten werden. Ein Kind kann die Beziehung zwischen den Eltern sehr schnell sprengen und die Eltern gegeneinander ausspielen. Um seiner eigenen Sicherheit und seines Seelenfriedens willen muß es jedoch wissen, daß seine Eltern eine vereinte Kraft sind und daß es nicht genügend Macht hat, diese Einheit zu spalten. Für ein Kind ist allein schon der Gedanke, es könnte seine Eltern voneinander trennen, zutiefst erschreckend.

Sexualität ist etwas Gutes

In diesem dritten Stadium „muß das Kind nicht nur akzeptieren, daß die Eltern mehr Macht haben, sondern daß sie außerdem auch eine ganz besondere Beziehung miteinander haben, innerhalb derer sie sich einer schönen und zutiefst erregenden Aktivität erfreuen, von der es ausgeschlossen ist".[4]

Während dieser prägenden Jahre wird bei dem Kind auch die Vorstellung von Ehe geprägt. Die Eindrücke, die es jetzt bekommt, werden es voraussichtlich für den Rest seines Lebens begleiten. Damit das Kind gute und gesunde Gedanken über seine eigene Geschlechtlichkeit und Sexualität allgemein bekommen kann, sollten die Eltern sich entspannt und ganz natürlich gegenseitig ihre Zuneigung zeigen und auch zärtlich miteinander sein. Peinlichkeit oder gar Ekel werden ganz schnell aufgedeckt, und es kann auf diese Weise eine falsche Vorstellung von Sexualität vermittelt werden, ohne daß auch nur ein einziges Wort gesprochen wird. Ebenso spürt das Kind Freude und Vergnügen der Eltern an ihrer geschlechtlichen Beziehung. Es speichert diesen Eindruck, der dann später, wenn es selbst eine Partnerbeziehung eingehen will, abrufbereit ist.

Ich hatte in der Beratung einmal mit einer Frau zu tun, die der körperlichen Liebe mit ihrem Mann absolut nichts abgewinnen konnte. Sie hatte schon vor der Heirat mit ihrem zukünftigen Mann geschlafen und es da sehr schön gefunden. Von dem Augenblick an, wo sie mit dem Mann verheiratet war, empfand sie nichts mehr. In unserem Gespräch wurde deutlich, daß Janes Problem mit der Einstellung ihrer Mutter zur Sexualität zu tun hatte. Sie wußte, daß ihre Mutter Sex nicht mochte, ja ihn sogar entschieden ablehnte. Als Jane noch nicht verheiratet war, hatte die Mutter nicht gewußt, daß ihre Tochter bereits mit ihrem zukünftigen Mann schlief, aber jetzt nach der Heirat wurde Jane bewußt, daß ihre Mutter um die geschlechtliche Beziehung zwischen Tochter und Schwiegersohn wissen mußte und diese zutiefst ablehnen würde. Der Gedanke an den Ekel der Mutter ruinierte Janes Liebesleben.

Eltern ist es oft sehr peinlich, wenn ihr Kind seine Genitalien entdeckt hat und diese dann beispielsweise in Anwesenheit von Gästen berührt. Eine solche von Peinlichkeit bestimmte Reaktion beendet in der Regel die Aktivität des Kindes augenblicklich, weil es beschämt ist und sein Verhalten als schmutzig oder unanständig dargestellt wird. „Artige kleine Mädchen tun so etwas nicht!" heißt es dann. Dem Kind wird auf diese Weise der Spaß verdorben, und es bleiben negative Empfindungen in bezug auf diesen Teil seines Körpers zurück. Jeder macht ihm Komplimente wegen seiner schönen blauen Augen oder der schönen Haare — was um alles in der Welt ist falsch an seinem Penis?

Eltern sollten möglichst ungezwungen und entspannt auf dieses neue Interesse an seinen Geschlechtsteilen reagieren. Indem sie es als etwas völlig Normales betrachten, vermitteln sie ihrem Kind: „Sexualität ist etwas Gutes, und wir nehmen deine Geschlechtlichkeit an." Das Kind sollte jedoch auch lernen, daß man manche Dinge besser nicht in aller Öffentlichkeit tut.

Die Ehe ist etwas Sicheres

Für ein Kind, das mit seinem gegengeschlechtlichen Elternteil flirtet, ist es von entscheidender Bedeutung, daß es den Konkurrenzkampf gegen seinen gleichgeschlechtlichen Elternteil verliert. Probleme entstehen dann, wenn die Eltern kein befriedigendes Sexualleben haben und daher ihre Bedürfnisse innerhalb der Ehe nicht befriedigt werden. Dann braucht ein Kind sich oft gar nicht anzustrengen, um Mama bzw. Papa für sich zu gewinnen. Viele Eltern lassen sich zu leicht darauf ein, ihre unbefriedigten Bedürfnisse durch die Kinder zu befriedigen. Solche Bedürfnisse können sowohl emotionaler als auch sexueller Art sein. Zu emotionalem Inzest kommt es, wenn innerhalb der Ehe ein Mangel an emotionaler oder körperlicher Zuneigung herrscht und ein Elternteil dann beim gegengeschlechtlichen Kind Gemeinschaft und Trost sucht. Emotionaler Inzest kann genauso zerstörerisch sein wie körperlicher. Das wichtigste und gleichzeitig einfachste Bedürfnis jedes Kindes besteht darin, daß sich seine Eltern lieben und dies auch ohne Scham den Kindern zeigen.

Das dritte Entwicklungsstadium kann sicher durchlebt werden, wenn das Kind feststellt, daß die Ehe seiner Eltern stabil und sicher ist, wenn es den gegengeschlechtlichen Elternteil nicht für sich gewinnen konnte und festgestellt hat, daß es am besten ist, sich den Eltern als Paar anzuschließen, wenn es sie schon nicht schlagen kann. Auf diese Weise identifiziert sich ein Junge mit dem Vater, bewundert ihn, ahmt ihn nach und beschließt, eines Tages einen Ehepartner zu finden, der so ist wie seine Mutter. Genauso identifiziert sich das Mädchen mit der Mutter, nimmt sie als Vorbild und beschließt, eines Tages einen Mann zu heiraten, der wie der Papa ist.

Viele Menschen durchleben dieses Stadium ihrer geschlechtlichen Entwicklung nicht ohne Schwierigkeiten. Solche Menschen sind dann als Erwachsene sexuell gehemmt, und daraus folgend empfinden sie Scham bei allem, was mit Sexualität zusammenhängt. Sie haben dann mit scheinbar unkontrollierbaren Folgen zu kämpfen. Ungelöste Probleme aus dieser Zeit manifestieren sich später auf vielfältige Weise. Für manche Menschen können die entstandenen Probleme relativ unerheblich, aber dennoch schwer zu überwinden sein. Eine Folge kann beispielsweise darin bestehen, daß man sich nur im Dunkeln lieben kann, was ja keine Katastrophe ist, vorausgesetzt, es stört den Partner nicht. Bei anderen dagegen können die Folgen verheerend sein — wie zum Beispiel bei einem jungen Mann, der jahrelang mit homosexuellen Empfindungen zu kämpfen hatte. Diese Störung hatte ihre Wurzeln in einer Kindheit, in der er sich einerseits um seine Mutter kümmern und andererseits seinem Vater entkommen mußte, der ihn ständig mißhandelte. Er hatte sich weder von seiner Mutter gelöst noch sich auf die Seite des Vaters gestellt, und so hatte sich seine Geschlechtsidentität nie richtig entwickeln können.

Die Folgen einer unzulänglichen Bewältigung des dritten Stadiums

Erfolgsangst

Ein Kind, das beinah den Flirt mit dem Vater oder der Mutter für sich entschieden hat, untergräbt auf gefährliche Weise seine eigene Sicherheit. Erfolgsangst, der daraus resultierende Verlust der eigenen Möglichkeiten und ein Mangel an Erfolg können die Folge sein. Für ein Kind ist es schwer, schon in diesem Alter seine eigenen Impulse zu kontrollieren, und die Angst vor der Macht, die eigene Sicherheit zu zerstören, kann zu Hemmungen und übertriebener Selbstkontrolle führen. Das ist so, als ob alle natürlichen sexuellen Reaktionen einfach gebremst werden und die Bremse auch dann nicht gelöst wird, wenn die Gefahr längst vorüber ist.

„Die Vorstellung, die Ehe der eigenen Eltern zu zerstören, ist für ein Kind so schrecklich, daß es sich weigert, sein sexuelles Bewußtsein zu entwickeln — das ja allem Anschein nach die Ursache für all die Schwierigkeiten ist. Deshalb ist es durchaus möglich, daß das Kind sozusagen die Telefonleitung zwischen Gehirn und sexuellem Empfinden durchtrennt, was wiederum zu Frigidität oder Impotenz im Erwachsenenalter führen kann."[5]

Erfolgsangst kann auch in der Form auftreten, daß man sich nur zu Menschen hingezogen fühlt, die unerreichbar sind. In dem Augenblick, wo der begehrte Mensch erreichbar wird, gewinnt Angst die Oberhand, und die Anziehungskraft verblaßt.

Angst vor Strafe

Auch andere Ängste können auftreten, wenn die Gefahr besteht, den gegengeschlechtlichen Elternteil ganz für sich gewinnen zu können. Es können Schuldgefühle und Angst vor Strafe an die Oberfläche kommen, sobald eine Beziehung zum anderen Geschlecht sich anbahnt, so unschuldig diese Beziehung auch sein mag.

Inzest bedeutet in Wirklichkeit — egal, ob er nun durch körperliche Intimität oder emotionale Nähe und Abhängigkeit begangen wird —, daß das Kind den Konkurrenzkampf gegen den gegengeschlechtlichen Elternteil gewonnen hat und nun folglich unter dem Haß und der Eifersucht dieses Elternteils zu erleiden hat. Eine Frau gestand mir einmal, daß sie sich für die Trennung ihrer Eltern nach dreißigjähriger Ehe schuldig fühlte. Sie kannte die Ursache dieser Schuldgefühle nicht, bis der Heilige Geist ihr deutlich machte, daß die Ursache emotionaler Inzest war. Sie war die einzige Tochter (neben vier Söhnen) und ihr ganzes Leben „Papas kleine Prinzessin" gewesen. Sie hatte nie verstehen können, warum ihre Mutter immer so eifersüchtig auf sie gewesen war.

Die meisten Frauen, die Inzestopfer ihrer Väter sind, haben das Gefühl, von ihrer Mutter nicht geliebt zu sein, auch dann, wenn die Mutter offensichtlich keine Ahnung gehabt hat, was zwischen Mann und Tochter vor sich gegangen ist. Die Tochter sieht sich in der Regel trotzdem als Rivalin ihrer Mutter und spürt deren Eifersucht und Mißtrauen.

Die späteren Beziehungen können dann von Angst vor eifersüchtigen Rivalen beherrscht sein. Ich kann mich gut an ein Mädchen erinnern, das Angst davor hatte, die Frau ihres Seelsorgers eifersüchtig zu machen, obwohl sie nie mit ihm allein war. Erst als sie Gelegenheit hatte, mit der Frau dieses Seelsorgers zu sprechen, legte sich die Angst.

Hemmung normaler sexueller Empfindungen

Schuld, Scham, Ekel und Angst können alle normalen sexuellen Regungen im Keim ersticken. Männer, die während dieses Stadiums Opfer der Intimität ihrer unbefriedigten Mütter waren, können nicht nur Probleme mit Homosexualität bekommen, sondern viel wahrscheinlicher ist, daß sie Probleme mit Frauen haben werden. Ihr Überlebenstrieb wird sich regen, wenn auch nur der Hauch einer Möglichkeit besteht, daß die Beziehung zu einer Frau mehr als rein platonisch werden könnte. Dieser Instinkt schützt den betroffenen Mann davor, jemals wieder von einer Frau mit Haut und Haaren vereinnahmt, ja verschlungen zu werden. Eltern, die, wenn es um Sexualität geht, Unbehagen oder Scham zeigen, hinterlassen ihren Kindern ein Erbe häßlicher Empfindungen. Extreme Prüderie und Hemmungen mit daraus resultierender Frigidität können die Folge sein. Wir lachen über die Braut aus dem viktorianischen Zeitalter in einem entlegenen Teil des britischen Empires, die ihre Mutter fragte, was sie denn in ihrer Hochzeitsnacht tun solle. „Schließ die Augen und denk an England", lautete die Antwort der Mutter. Aber wieviele Frauen schließen wirklich die Augen und denken daran, was sie am nächsten Tag kochen sollen!?

Wir beraten viele Frauen, die jeglichen Körperkontakt mit ihrem Mann meiden, wenn sie die mittleren Jahre erreicht haben, manche sogar noch früher. Für diese Frauen ist das Sexualleben immer eine lästige Pflicht gewesen. Wenn die geplante Kinderzahl erreicht ist, wird Sex als unnötiges Extra betrachtet. Normalerweise sind solche Frauen frigide und grundsätzlich unfähig, Lust am Sex zu empfinden. Es ist so, als seien bei ihnen die normalen sexuellen Reaktionen abgeschaltet. Ein solches Fehlen von Empfindungen im geschlechtlichen Bereich kann durch Inzest in der Kindheit hervorgerufen werden. Die Unterdrückung jeglichen sexuellen Empfindens war die einzige Chance, mit dieser Gewalttat fertig zu werden, und ein so frühes „Abschalten" in sexueller Hinsicht ist später nur sehr schwer wieder rückgängig zu machen.

Sexuelle Neurosen

Schwerwiegende sexuelle Neurosen haben ihre Wurzeln in der Regel in einem früheren Entwicklungsstadium. Dieses dritte Stadium festigt oder lindert sie jedoch. Wenn die Eltern ihr Verhalten und die Einstellung dem Kind gegenüber ändern, dann kann hier bereits angerichteter Schaden noch behoben werden.

Transsexuelles Verhalten hat seinen Ursprung in der Regel in dem Stadium, in dem ein Junge eigentlich von der Seite seiner Mutter auf die des Vaters überwechseln sollte. Wenn keine Vaterfigur da ist und die Mutter den Sohn zu übersteigerter Intimität und Nähe ermutigt, bekommt er große Schwierigkeiten, den nötigen Schritt auf die „Männerseite" zu tun. Er erkennt in der Regel erst zu spät, daß es die Möglichkeit eines solchen Überwechselns überhaupt gibt. Daraus kann sich dann Verwirrung in bezug auf die geschlechtliche Identität ergeben. Der betreffende Junge empfindet sich vielleicht als kleines Mädchen. Es kann in solchem Fall nur dann zu einer Heilung kommen, wenn der junge Mann von seiner Mutter regelrecht „geschieden" wird.

„Ein gemeinsamer Aspekt des Transsexualismus, des Transvestismus, der Homosexualität (beider Geschlechter), des Exhibitionismus, des schamverletzenden Verhaltens und vieler anderer sexueller Abarten ist eine dominierende, besitzergreifende Mutter in Verbindung mit einem schwachen oder abwesenden, manchmal auch strengen und distanzierten (in jedem Falle jedoch lieblosen und unerreichbaren) Vater, die eine schlechte Beziehung miteinander haben und von denen der gegengeschlechtliche Partner das Kind auf seine Seite zu ziehen versucht."[6]

Homosexualität kann die Folge einer zu engen Beziehung zur Mutter bei gleichzeitig zu geringer Identifikation mit dem Vater sein. „Eine überbeschützende Mutter oder eine Mutter, die ihrem Sohn zu nah ist, kann bei diesem die Unfähigkeit heranbilden, seine eigene geschlechtliche Identität von der ihren zu trennen — es sei denn, es gibt eine starke, bestätigende Vaterfigur — und dadurch Teil der homosexuellen Neigung werden, die in ihm heranreifen kann."[7] Vielleicht war der Vater zu schwach oder zu beschäftigt, um seinen Sohn zum Übertritt auf die „Männerseite" motivieren zu können. Wenn das der Fall ist, dann ist zwar die Sehnsucht nach Nähe und Identifikation mit dem Vater vorhanden, aber das Kind ist nicht in der Lage, ohne Hilfe den Schritt auf die Seite des Vaters zu tun. Ebensowenig ist es vermutlich von seinem Vater in seiner Männlichkeit bestätigt worden und deshalb in der Entwicklung seiner Geschlechtsidentität am Punkt dieses Übertretens steckengeblieben.

Die Frau mit lesbischer Neigung wartet vielleicht immer noch auf die Umarmung der Mutter, die nicht die notwendige innige Beziehung zu dem Baby herstellen konnte. Oder vielleicht gab es eine zu frühe Trennung, und beim Baby blieb die schmerzliche Sehnsucht, sich in die Arme der Mutter zu kuscheln. Kürzlich sprach ich mit einer jungen Frau, die lesbisch gewesen war. Sie erzählte mir, daß ihre Mutter gestorben war, als sie noch sehr klein war. Der Vater hatte sie allein großziehen müssen. Sie überstand das Zusammenleben mit ihrem gefühlsarmen Vater, indem sie ein „zäher kleiner Bursche" wurde. Ihr Bedürfnis, von einer Frau liebkost und gehalten zu werden, kam jedoch wieder zum Vorschein, als sie ins Teenageralter kam und sich zu Frauen hingezogen fühlte. Nach und nach wurden durch dieses tiefe Bedürfnis nach Mutterliebe aus solchen Freundschaften mit Frauen auch sexuelle Beziehungen.

Umgekehrt kann lesbisches Verhalten aber auch dem Bedürfnis entspringen, einer dominierenden, besitzergreifenden Mutter zu entkommen. Es ist möglich, daß ein Mädchen seine Mutter ablehnt in dem Bestreben, sich aus deren besitzergreifenden Umarmung zu lösen, und im Verlauf dieses Bestrebens die eigene Weiblichkeit ablehnt, um dann Weiblichkeit bei anderen Frauen zu suchen. Leanne Payne spricht vom „kannibalischen Zwang" beim Homosexuellen. „Homosexuelle Aktivität ist oft nichts anderes als die verdrehte Art und Weise, auf die ein Mensch — auf die falsche Art des Kannibalen — die Eigenschaften seiner eigenen Persönlichkeiten in sich aufnehmen will, von denen er entfremdet ist."[8] In Wirklichkeit handelt es sich dabei um Eigenliebe oder Narzißmus.

Kürzlich hörte ich den Bericht eines ehemals Homosexuellen, der von seiner homosexuellen Neigung geheilt worden ist. Er beschrieb den Homosexuellen als Menschen, der in seinem emotionalen Wachstum irgendwo steckengeblieben ist. Heilung stellte sich nach seiner Aussage bei ihm ein, als liebevolle Freunde ihm halfen, sich dem Prozeß der inneren Reifung zu stellen und diesen Prozeß zu bewältigen. Eine Heilung von in diesem dritten Stadium entstandenen sexuellen Störungen ist möglich, aber sie dauert lange und ist von der Gnade Gottes und der Liebe und Geduld verständnisvoller Freunde abhängig.

Wenn dieses Stadium erfolgreich durchlebt wird, ist eine wichtige Grundlage für eine funktionierende Sexualität im späteren Leben gelegt. Doch nun müssen wir die Herrlichkeit des Kinderzimmers zunächst einmal hinter uns lassen und den Faden inmitten von Kreidegeruch und Butterbrotpapier wieder aufnehmen. Die Schulzeit beginnt.

Arbeitsteil

1. Schildern Sie schriftlich, wie Sie die Einstellung Ihrer Eltern zu Sexualität erlebt haben und in welcher Hinsicht Sie von dieser Einstellung negativ beeinflußt worden sind.

2. Schreiben Sie einen Brief (den Sie nicht abschicken) zunächst an Ihre Mutter und dann an Ihren Vater (auch wenn beide schon gestorben sind). Beschreiben Sie darin die Beziehung, die Sie in Ihrer Kindheit zu ihnen hatten. Erzählen Sie, wie Sie jeden von ihnen gesehen haben, und teilen Sie ihnen mit, welche Stellung sie in Ihrem Leben einnahmen und was Sie gemeinsam mit ihnen erlebt haben.

   Sehen Sie (wenn es zutrifft) der Tatsache ins Auge, daß Ihre Eltern Ihnen nicht geholfen haben, eine gesunde Einstellung zu Ihrer eigenen Sexualität und zur Sexualität im allgemeinen zu entwickeln.

3. Schreiben Sie ihnen einen weiteren Brief (auch dieser soll nicht abgeschickt werden), in dem Sie ihnen vergeben, wo sie Ihnen im Bereich Ihrer Geschlechtlichkeit Schaden zugefügt haben. Wo körperlicher oder emotionaler Inzest die Ursache Ihrer Schwierigkeiten ist, brau-

chen Sie wahrscheinlich Hilfe, um der Problematik ins Auge zu sehen und all die verschiedenen Empfindungen zu bearbeiten, die durch diese Verletzung hervorgerufen worden sind — Zorn, Schuldgefühle und Schmerz über eine verlorene Kindheit.

4. Bevor Sie Gott bitten, mit Ihnen zurück in Ihre Kindheit zu gehen, sollten Sie ihn möglicherweise für falsches Verhalten oder falsche Einstellungen um Vergebung bitten sowie um Hilfe, dies zu ändern. Auch wo sie ursprünglich durch andere Menschen verursacht wurden, liegt die Verantwortung für den richtigen Umgang damit jetzt bei Ihnen.

5. Wenn Sie an irgendeiner Form einer sexuellen Störung leiden, durchbeten Sie dies mit der Person Ihres Vertrauens. Gehen Sie in Ihrem Gebet zurück zu dem Punkt, an dem Sie Ihrer Meinung nach in Ihrer geschlechtlichen Entwicklung steckengeblieben sind. Stellen Sie sich vor, daß Sie diesen nie richtig vollzogenen Schritt jetzt tun.

   Zum Beispiel:
   a) Sie sind ein Mann und haben festgestellt, daß Sie sich nie richtig von Ihrer Mutter gelöst und den Schritt auf die Seite Ihres Vaters getan haben, um sich mit seinem Mannsein zu identifizieren. Stellen Sie sich vor, Sie sind drei oder vier Jahre alt. Tun Sie jetzt in Ihrer Vorstellung diesen Schritt weg von Ihrer Mutter auf die Seite Ihres Vaters. Wo es gar keine oder nur eine sehr schwache Vaterfigur gab, kann es für die Vorstellung hilfreich sein, wenn Sie sich Männer vorstellen, die Sie kennen und als gute Väter und Ehemänner achten. Wechseln Sie jetzt über auf die Seite dieser Männer und identifizieren Sie sich mit ihnen. Bitten Sie Jesus, Ihnen beim Vollzug dieses Schrittes zu helfen und Sie in Ihrer Geschlechtlichkeit zu bestätigen. Es ist durchaus möglich, daß Sie diesen Schritt im Gebet sehr häufig wiederholen müssen.

   Oder:
   b) Sie sind eine Frau, die sich nie als richtig weiblich empfunden hat und sich zu anderen Frauen hingezogen fühlt. Stellen Sie sich vor, Sie sind wieder drei oder vier Jahre alt. Ordnen Sie die Mitglieder Ihrer Familie der weiblichen bzw. männlichen Seite zu. Ziehen Sie in Ihrer Vorstellung eine Linie und stellen Sie die weiblichen Familienmitglieder auf die eine Seite dieser Linie und die männlichen auf die andere Seite. Auf welche Seite gehören Sie? Fangen Sie an, das kleine Mädchen, als das Gott Sie geschaffen hat, zu akzeptieren, und tun Sie ein paar Schritte auf die Seite der Frauen

zu. Vielleicht gefällt es Ihnen dort anfangs nicht, aber bitten Sie Jesus trotzdem, Ihnen zu zeigen, wie er Sie sieht, und bitten Sie ihn, Sie in Ihrer geschlechtlichen Identität zu bestärken.

6. Pflegen Sie Kontakt mit älteren Paaren aus der Gemeinde, von denen Sie wissen, daß sie Sie als Person bestätigen. Wenn möglich, sprechen Sie mit diesen Paaren darüber, daß Sie Bestätigung in Ihrer Weiblichkeit bzw. Männlichkeit brauchen.

7. Machen Sie möglichst häufig Gebrauch von Ihrem „Zwei-Weg-Tagebuch“ und bitten Sie Gott, mit Ihnen über Ihre Geschlechtlichkeit zu sprechen, Sie als Person zu bestätigen, Ihre Gefühle zu heilen und Sie in Ihrer Grundeinstellung zu erneuern.

8. Erweiterung des Horizontes
(4. Stadium, 6-12 Jahre)

„Der weinerliche Bube, der mit Ranzen und glattem Morgenantlitz wie die Schnecke ungern zur Schule kriecht ...“
(William Shakespeare)[1]

Wir haben bisher die drei grundlegenden Entwicklungsstadien des Kindes untersucht. Es wäre allerdings ein Fehler anzunehmen, daß damit bereits über die endgültige Persönlichkeitsstruktur des Kindes entschieden wäre. „Denn das Kind ist mit sechs Jahren noch nicht fertig; seine Persönlichkeit ist noch nicht festgelegt, hat noch keine endgültige Form.“[2]

Die frühkindlichen Erfahrungen bilden die Grundlage zur Persönlichkeitsentfaltung, aber niemand kann vorhersagen, auf welche Weise diese Erfahrungen die Entfaltung beeinflussen. Jedes Kind ist von Geburt an einzigartig und unterscheidet sich von jedem anderen Menschen. Es reagiert ganz individuell auf die verschiedenen Situationen in seinem Leben. Es ist immer wieder faszinierend, wenn zwei Menschen von gleichen Kindheitserfahrungen erzählen und völlig unterschiedlich darauf reagiert haben.

Unsere Reaktionen auf frühkindliche Erfahrungen und Erlebnisse mögen zwar ganz unterschiedlich sein, aber für jeden Menschen sind die ersten sechs Lebensjahre entscheidend in bezug auf die Persönlichkeitsbildung. In den Jahren danach können viele andere Einflüsse die laufende Entwicklung negativ beeinflussen. Ein Lehrer, Freunde der Familie oder eine Familie in der Nachbarschaft können großen Einfluß auf unser Leben haben. Ja, nach dem sechsten Lebensjahr spielen Einflüsse von außen eine immer bedeutendere Rolle. Trotzdem ist ein sicheres Elternhaus mit stabilen innerfamiliären Beziehungen das beste Sprungbrett zum Eintritt in dieses vielbeschäftigte vierte Entwicklungsstadium.

Gute Grundlagen und eine gute Beziehung zu den Eltern verbessern die Fähigkeit, mit den Herausforderungen, Möglichkeiten, Schwierigkeiten und Problemen des Kindes zwischen seinem sechsten und zwölften Lebensjahr umzugehen. Solche Grundlagen und guten Beziehungen garantieren zwar kein problemloses Leben und sind ebensowenig eine Versicherung gegen psychische Störungen oder Krankheiten; aber alles spricht dafür, daß die Bindung an ein stabiles Zuhause die Chance bietet, angemessen mit den anstehenden Problemen umzugehen.

„Anscheinend brauchen Eltern gar keine Muster an Vollkommenheit zu sein; sie mögen unerfahren sein, es mag ihnen gestattet sein, sich nach Art ihrer Spezies zu irren, sie mögen manchmal die falsche Methode oder Technik anwenden, und dennoch haben sie gute Chancen, ein gesundes Kind großzuziehen, wenn die Verbindung zwischen Eltern und Kind stark ist und wenn diese Verbindung den Ansporn für Wachstum und Entwicklung des Kindes darstellt."[3]

Obwohl Untersuchungen an Einzelpersonen, „von denen angenommen werden kann, daß sie über eine gut funktionierende und gesunde Persönlichkeit verfügen", nicht völlig adäquat sind, so sind die Ergebnisse doch vielsagend. „Im großen und ganzen gibt jede Untersuchung das gleiche Bild wieder, nämlich das einer stabilen Familie, von der aus zuerst das Kind, später der Jugendliche und schließlich der junge Erwachsene sich auf immer länger werdende Erkundungsreisen begibt. In solchen Familien wird zwar zur Eigenständigkeit ermutigt, sie wird jedoch nicht erzwungen. Jeder Schritt folgt dem vorangegangenen in einer Reihe von einfacheren Vorstufen. Die Verbindung nach zu Hause mag zwar lockerer werden, sie reißt jedoch nie völlig ab."[4]

Die Verbindung und Zuneigung zur Familie ist also auch dann noch wichtig, wenn sich der Horizont erweitert und das Kind zum nächsten Entwicklungsstadium weitergeht.

Die Aufgaben des Kindes im vierten Entwicklungsstadium

Schulische und soziale Aktivitäten

Das Thema in diesem Stadium ist laut Erikson „Eifer im Gegensatz zu Minderwertigkeit". Ganz sicher handelt es sich um eine eher von Aktivität als von Passivität geprägte Phase. Der größte Teil der Energie wird für die Schule und soziale Aktivitäten eingesetzt. Lehrer und Freunde sind jetzt die Hauptgesprächsthemen. Neben den Lektionen im Schulunterricht werden wichtige Lektionen im Teilen und Abwechseln sowie im Verlieren und Gewinnen gelernt. Es ist wieder ein Fragealter. Die Wörter „warum", „wie", „wann" und „wozu" werden so oft benutzt, daß Eltern sich fragen, ob sie ihren Verstand verlieren, während sich der ihres Kindes entwickelt!

Neue Vorbilder

Einflüsse von außen bieten dem Kind in zunehmendem Maße Vorbilder und Modelle, die dabei helfen, sein Weltbild zu internalisieren und zu erweitern. In diesem Stadium haben Kinder aus dysfunktionalen Familien oft zum erstenmal Einblick in intaktes Familienleben. Ohne irgendwelche Gefühlsregungen erzählte uns ein Mann mittleren Alters die Geschichte seiner trostlosen Kindheit. Erst als er sich wieder daran erinnerte, wie er immer eine bestimmte Familie in der Nachbarschaft besucht hatte, brach er weinend zusammen. Die Liebe, Wärme und Fröhlichkeit, die er dort miterlebt hatte, hatte einen bleibenden Eindruck bei ihm hinterlassen. Solche Vorbilder sind bei einem Kind oft jahrelang vorhanden, kommen erst viel später heraus und werden dann sowohl positiv als auch negativ genutzt.

An einen Einfluß von außen, den es in meiner Kindheit gab, erinnere ich mich besonders genau. Mein Vater war so in sich gekehrt und schweigsam, daß jede Unterhaltung mit ihm normalerweise einsilbig war. Aber als ich zehn Jahre alt war, begegnete ich Frank, der einen bleibenden Eindruck bei mir hinterließ. Frank war vollständig gelähmt, ein Patient meiner Schwester. Ein paarmal besuchte er uns, und während dieser Aufenthalte wich ich ihm kaum von der Seite. Er war der interessanteste Mensch, dem ich je begegnet war. Er beherrschte fünf Sprachen, und in seiner eingeschränkten Bewegungsfreiheit eröffnete er mir eine ganz neue Welt. Sein Mut und seine Lebendigkeit waren mir Inspiration. Ich erkannte, daß der menschliche Geist frei ist, auch wenn er in einem gelähmtem Körper steckt. Zu jener Zeit war ich noch ein schmuddeliger Wildfang, aber Frank behandelte mich immer sanft und umsichtig. Er konnte mir stundenlang zuhören oder sich mit mir unterhalten. Er gab mir das Gefühl, daß ich vielleicht eines Tages die wertvolle Person werden würde, die zu sein er mir vermittelte.

Der innere Polizist

Je weiter sich das Kind aus der unmittelbaren Nähe der Eltern entfernt, desto notwendiger wird irgendeine Form der Selbstkontrolle. Das Gewissen des Kindes wird zunehmend wacher und agiert als innerer Polizist. Dadurch wird verhindert, daß das Kind etwas Verbotenes tut, oder es entsteht innerer Druck in Form von Schuldgefühlen, wenn es etwas Verbotenes oder Falsches getan hat. „Diese Form von Gewissen entwickelt sich beim Kind jedoch nicht vor dem fünften oder sechsten Lebensjahr, und zum festen Bestandteil der Persönlichkeit wird es erst im von neun bis zehn Jahren. Völlig unabhängig von äußeren Autoritäten wird das Kind erst, wenn es von seinen Eltern unabhängig wird, also in der letzten Phase des Heranwachsendenalters."[5]

Obwohl sich jetzt das Gewissen entwickelt, bedeutet doch der Drang, die aufregende neue Welt zu erforschen, daß das Kind unweigerlich die ihm gesetzten Grenzen überschreitet. Meine Mutter war in bestimmten Dingen sehr streng, in anderen dagegen ausgesprochen großzügig. Im Alter von sechs Jahren war es schwer, das immer zu bedenken, und ich kann mich daran erinnern, daß ich einmal eine besonders schmerzliche Strafe bekam und mir danach sagte: „Jetzt weiß ich es, und ich werde diesen Fehler nicht noch einmal machen." Ich stellte auch wirklich meine eigenen Regeln auf und wurde mein eigener Polizist.

Obwohl Disziplinierung durch die Eltern ein wichtiger Faktor in der Entwicklung eines gut funktionierenden Gewissens und beim Erlernen der Selbstkontrolle darstellt, hat auf die Dauer ein von den Eltern kontinuierlich vorgelebter christlicher Lebensstil einen weit größeren Einfluß auf die Kinder.

Christliche Eltern fürchten manchmal den Druck, den eine säkulare Welt auf ihre Kinder ausübt, und geraten deshalb häufig in die Versuchung, ihre Kinder geistlich zu erpressen, um ihnen zu einem gut entwickelten Gewissen zu verhelfen, das die Kinder ihrer Meinung nach vor Bösem beschützen kann. Ich war einmal dabei, wie der achtjährige Sohn einer Freundin auf sein Zimmer geschickt wurde mit dem Befehl, dort so lange zu beten, bis Gott ihm seine Sünden bewußtgemacht und er Buße getan habe für irgendeinen Jungenstreich. Das Ergebnis eines solchen geistlichen Drucks ist letztlich kein gut entwickeltes Gewissen, sondern Wut und Rebellion.

Sexuelle Neugier

Freud nannte dieses Alter Latenzphase, und in bezug auf die Sexualität trifft das auch teilweise zu. Die sexuelle Entwicklung ist latent, obwohl das Interesse daran noch vorhanden ist. Die Kinder sind neugierig hinsichtlich der Geschlechtsteile des anderen Geschlechts, und manchmal haben sie Spaß an bestimmten sexuell geprägten Spielchen. Vor ein paar Monaten sah ich im Fernsehen ein Interview mit einem verurteilten Vergewaltiger. Er war in Haft wegen der Vergewaltigung zweier kleiner Mädchen im Alter von acht und zehn Jahren. Er erzählte, daß er von seinem fünften Lebensjahr an in einem Heim gelebt hatte. Der einzige Freund, den er jemals in seinem Leben gehabt hatte, war ein kleines Mädchen im Alter von acht Jahren. Die beiden hatten zusammen Nähe und Zuneigung erlebt, indem sie sich gegenseitig die Geschlechtsorgane berührt und gestreichelt hatten. Im Alter von neun Jahren hatte er dann versucht, mit ihr Verkehr zu haben, hatte aber keine vollständige Erektion gehabt, weshalb sie ihn ausgelacht hatte. Dieses Erlebnis hatte bei ihm den Zwang bewirkt, sich kleinen Mädchen beweisen zu müssen, und die Sehnsucht, sich das einzige Gefühl der Nähe und Intimität wiederzuholen, das er jemals kennengelernt hatte.

Obwohl nur sehr wenige Kinder so extrem schädliche Erfahrungen mit ihrer Sexualität gemacht haben, beteiligen sich doch viele im Alter zwischen sechs und zwölf Jahren an Sexspielchen in irgendeiner Form. Viele dieser Aktivitäten sind sicher harmlos und dienen einzig und allein der Befriedigung der kindlichen Neugier. Der innere Polizist fungiert gewöhnlich als gesunde Kontrolle, auch wenn nicht jedes Kind die Voraussetzungen zur Entwicklung des Gewissens hat, wie wir an dem besagten Beispiel sehen. Bestimmt zeigt diese tragische Geschichte, daß der junge Mann keine günstigen Voraussetzungen zum Erlernen von Selbstkontrolle hatte. Seine Kindheit bis zum Alter von fünf Jahren war beherrscht von einem unberechenbaren Vater, der ihn mißhandelte und von dem er während eines Krankenhausaufenthaltes der Mutter unfreiwillig durch Entziehung des Sorgerechts getrennt wurde. Von da an war das einzige Zeichen von Zuneigung, das er je erlebte, sexueller Natur, und es kam von einem achtjährigen Mädchen. Sein Mangel an Selbstkontrolle und sein zwanghaftes Bedürfnis, sich kleinen Mädchen sexuell zu nähern, ist, wenn auch unentschuldbar, so doch verständlich. Für ihn als Erwachsenen ohne eigenen inneren Polizisten übernimmt nun der Staat die Rolle der Kontrollinstanz, indem er ihn ins Gefängnis sperrt.

Die Aufgabe der Eltern

Ganz sicher ist auch weiterhin mindestens ein Elternteil nötig, um bei der Entwicklung der Selbstkontrolle zu helfen, um weiterhin die Grenzen zu setzen, um christliche Wertmaßstäbe anzulegen und auszubilden und beispielhaft ein gottgefälliges Leben vorzuleben. Auch andere Komponenten sind in diesem Entwicklungsstadium des Kindes wichtig.

Bedingungslose Liebe und Ermutigung

Dieses Stadium ist ein Stadium der Aktivität und der Leistungsbereitschaft. Das Kind eignet sich neue Fertigkeiten an und braucht jetzt ein ausgewogenes Maß an Ermutigung und Motivation zum Arbeiten auf der einen Seite sowie die Zusage bedingungsloser Liebe auf der anderen Seite. Es ist für alle Eltern schwierig, ihrem Kind in dieser Phase die richtige Botschaft zu vermitteln. Druckmittel führen oft dazu, daß das Kind die Botschaft falsch interpretiert. Die Ermutigung zur Leistung könnte dann verstanden werden als: „Ich bin nur geliebt, wenn ich etwas leiste." Oder der Ausdruck bedingungsloser Liebe könnte interpretiert werden als: „Sie kümmern sich sowieso nicht um meine Arbeit, warum sollte ich mich da anstrengen?"

Das Kind braucht ständig Ermutigung und Lob für seine Bemühungen, egal, ob sie nun von Erfolg gekrönt sind oder nicht. Liebe und Zuneigung sollten jedoch kontinuierlich gezeigt werden, unabhängig von jeder Form der Leistung. Kuscheln und Umarmungen ohne besonderen Anlaß machen deutlich, daß Leistung und Liebe zwei verschiedene, voneinander unabhängige Dinge sind.

Loslassen

Als unser ältestes Kind zur Schule kam, empfand ich das als Verlust, obwohl ich auch so alle Hände voll zu tun hatte mit einem Säugling und einem weiteren Kleinkind. Am ersten Tag blieb ich bei ihr im Klassenzimmer und konnte mich einfach nicht entschließen zu gehen. Die deutsche Klassenlehrerin scheuchte mich hinaus und befahl mir, endlich nach Hause zu gehen. Ich kam bis ans Ende der Straße, wo ich mit drei anderen Müttern zusammenstieß, die sich ebenfalls vor der Lehrerin versteckten, aber ihre Kinder nicht im Stich lassen wollten. Wir kamen uns vor wie eine Gruppe von Verschwörerinnen in unserer gemeinsamen Furcht vor dem endgültigen Loslassen und der Rückkehr in unsere, wie uns schien, leeren Häuser.

Es ist sehr wichtig, daß eine Mutter in bezug auf Schule völlig eindeutig und fest ist. Das Kind darf keinen Zweifel daran bekommen, daß dies der nächste Schritt für beide, Mutter und Kind, ist. Sie mögen einander vermissen und sich darauf freuen, mittags wieder zusammen zu sein, aber das Kind braucht die Zustimmung und Hilfe der Mutter, um voller Eifer in diese neue Phase einzutreten.

Verfügbarkeit

Wenn das letzte Kind zur Schule kommt, ist dies oft die lang ersehnte Chance der Mutter, wieder mehr Unabhängigkeit zu erlangen und arbeiten zu gehen. Es ist gut für sie, wenn sie jetzt wieder Aktivitäten außer Haus aufnimmt, die ja lange zurückgestellt werden mußten. David hat mir schon oft erzählt, wie erstaunt er über die Wirkung war, die die Einschulung unseres jüngsten Kindes auf mich hatte. Er sagte, die Last von Jahren schien damals von mir abzufallen, und ich hätte plötzlich zehn Jahre jünger ausgesehen. Das Kind braucht jedoch auch weiterhin die Sicherheit der Anwesenheit der Mutter zu Hause. Für unsere Kinder war die Rückkehr von der Schule immer ein wichtiger Augenblick. Oft purzelten die Schwierigkeiten und Probleme, die sie während des Tages gehabt hatten, unter Tränen und Schluchzern förmlich aus ihnen heraus. Dann wieder brauchten sie nur eine halbe Stunde Entspannung, in der sie von ihrem Schultag berichteten, und es gab auch Tage, an denen sie nur kurz zum Essen kamen, dann sofort verschwanden, vielleicht noch mal kurz hereinschauten, nur um schon gleich wieder auf und davon zu sein. An solchen Tagen habe ich mich oft gefragt, warum ich mich eigentlich so abgehetzt hatte, um rechtzeitig zu Hause zu sein.

Während einer unserer Urlaubsaufenthalte in England besuchte unsere älteste Tochter für die paar Monate, die wir im Lande waren, die Schule an unserem Wohnort. Eines Nachmittags kam sie von der Schule nach Hause gerannt, bleich und sichtlich schockiert. Sie hatte gerade ihre erste Sexualkunde-Stunde gehabt, in der zur Veranschaulichung ein Film gezeigt worden war. Offensichtlich erleichtert setzte sie sich zu mir, um mir alles zu erzählen. Als sie halb fertig war, fing sie plötzlich an zu schluchzen: „Und was ist mit den Kindern, die keine Mama zu Hause haben?" weinte sie. Sie wußte, daß etliche ihrer Freundinnen jeden Tag von der Schule in eine leere Wohnung kamen.

Wie auch immer eine Mutter ihre wiedergewonnene Freiheit organisieren mag, oberste Priorität sollte auch weiterhin sein, den Kindern zum Zuhören und Erzählen zur Verfügung zu stehen, wenn diese es am nötigsten brauchen.

Mitteilen von Gefühlen

Kommunikation ist der Grundstein jeder Beziehung. Gute Kommunikation findet auf allen Ebenen statt. Von der Klischee-Ebene über das Berichten von Tatsachen, dem Austauschen von Ansichten und Ideen, dem Mitteilen von Gefühlen, bis hin zur völligen Ehrlichkeit und Offenheit (siehe Kap. 1). Ein Kind im Schulalter fängt an, seine Mitteilungsbereitschaft einzuschränken und nur auf den ersten beiden Ebenen zu kommunizieren, wenn es aus irgendeinem Grund in der Kommunikation auf den anderen Ebenen entmutigt wird. Wenn über seine Meinung gelacht wird oder es sich nicht ernst genommen fühlt, dann lernt das Kind sehr schnell, sich nicht mehr mitzuteilen.

Die meisten Eltern leben in der falschen Annahme, daß ein Kind vor Traurigkeit bewahrt werden muß. Als ich einmal aus dem Internat in den Ferien nach Hause kam, war ich sehr verletzt, als mein Wellensittich Peter sich nicht mehr auf meine Hand setzte. Bei näherem Hinsehen stellte ich fest, daß es gar nicht Peter war. Weil sie mich vor dem Schmerz über Peters Tod bewahren wollten, hatten sich meine Eltern die Mühe gemacht, eine fast exakte Kopie von Peter zu besorgen in der Hoffnung, ich würde den Unterschied nicht bemerken. Schmerz, Trauer und Verlust gehören zum Leben, und ein Kind muß lernen, auf gesunde Weise mit diesen schwierigen Empfindungen umzugehen, indem es sie innerhalb der Familie zum Ausdruck bringt.

„The familiy that feels together heals together" („Eine Familie, die gemeinsam empfindet, findet auch gemeinsam Heilung") lautet ein weiser Ausspruch, den ich kürzlich hörte.

Selma Fraiberg erzählt die bewegende Geschichte eines kleinen Jungen, der nicht weinen konnte und auf Verluste und Trennung von Menschen, die er liebte, mit „undurchdringlicher Gleichgültigkeit" reagierte. Er sprach oft über seinen Großvater, den er sehr geliebt hatte, aber er konnte sich nicht an dessen Tod erinnern. Zum betreffenden Zeitpunkt war er ungefähr fünf Jahre alt gewesen. Offenbar war der Tod des Großvaters ein gewaltiger Verlust für die ganze Familie gewesen, aber die Mutter des Jungen, die unter dem Tode ihres Vaters am meisten gelitten hatte, war fest entschlossen gewesen, vor ihren Kindern eine Fassade der Tapferkeit zu bewahren. Nie weinte sie in deren Gegenwart oder brachte ihre Trauer irgendwie zum Ausdruck. Sie verschloß ihre Gefühle in sich, und so lernte der Junge, seine Gefühle ebenfalls für sich zu behalten. Leider zahlte er einen hohen Preis für seine scheinbare Gleichgültigkeit gegenüber Verlusten, denn er litt häufig unter Allergien. „Sein unterdrücktes Verlangen zu weinen konnte nur durch das Weinen über die Allergiesymptome befriedigt werden."[6]

Angemessenes Ausdrücken von Gefühlen sollte von den Eltern sowohl vorgelebt als auch gelehrt werden. „Das Recht auf eigene Gefühle ist allerdings noch kein Freibrief dafür, diese Gefühle anderen überzustülpen."[7]

Zorn ist bei bestimmten Gelegenheiten eine normale Empfindung. Ein Mensch, der nicht zornig werden kann, kann sich ausgesprochen schutzlos fühlen. Eine Zeitlang kam eine junge Frau zu uns in die Beratung, die große Angst vor Männern hatte, weil sie als Kind inzestuös mißhandelt worden war. Sie empfand scheinbar niemals Wut, und ohne diese Wut war sie besonders angreifbar. Wir sprachen und beteten sehr oft darüber, bis ihr die Empfindung des Zorns vertrauter wurde. Mit der Fähigkeit zum Zorn fühlte sie sich dann besser in der Lage, sich vor Männern zu schützen, und folglich begann diese Angst langsam nachzulassen.

Für ein Kind ist Zorn jedoch eine schwer handhabbare Empfindung, und das Gefühl, dabei die Kontrolle zu verlieren, kann außerordentlich erschreckend sein. Dem Ausdrücken von Zorn sollten deshalb Grenzen gesetzt werden. Ein Kind mag allen Grund und jedes Recht haben, zornig zu werden, dies zu sagen und auch zu zeigen; aber es hat nicht das Recht, den- oder diejenigen, auf den/die es zornig ist, zu schlagen oder zu beschimpfen und zu beleidigen. Selbstbeherrschung und der angemessene Ausdruck von Empfindungen sind wichtige Lektionen, die ein Kind von seinen Eltern lernen kann. Paulus hat das sehr schön ausgedrückt mit den Worten: „Zürnt ihr, so sündigt nicht“ (Eph 4,26).

Ermutigung zur geistlichen Selbstbestimmung

Bis zu diesem Zeitpunkt hat das Kind wahrscheinlich den Glauben seiner Eltern akzeptiert, ohne allzuviele Fragen zu stellen. Jetzt hat es ein Stadium erreicht, in dem es anfangen muß, seinen eigenen Glauben zu finden. Ebenso wie der Zustand der Autonomie, sowohl der körperlichen als auch der geistigen, langsam erreicht wird, gelangt das Kind auch erst nach und nach zu geistlicher Selbständigkeit.

Der Gruppendruck von Gleichaltrigen und falsches Verhalten von Eltern bereiten dem Kind zwangsläufig Schwierigkeiten auf dem Weg zum Glauben. Christliche Freunde und eine lebendige christliche Jugendgruppe ermutigen und motivieren ein Kind, weiterhin in seiner Gemeinde zu bleiben und seinen individuellen Glaubensweg fortzusetzen. Wenn ein Kind das Teenageralter erreicht hat, lohnt es sich möglicherweise auch, über alle Denominationsgrenzen hinweg eine lebendige Gemeinde zu suchen, der die Jugendlichen besonders am Herzen liegen.

Ein weiterer Grund für die zunehmende Gleichgültigkeit allem Christlichen gegenüber kann darin bestehen, daß die Eltern nicht genug Zeit intensiv und exklusiv ihrem Kind widmen. Ein Mann nannte als Grund dafür, daß seine erwachsenen Kinder nichts mit dem christlichen Glauben zu tun haben wollten, daß er in ihrer Kindheit und Jugend nicht genügend Zeit für sie gehabt hätte. Statt dessen hatte er sich so in der Gemeinde und im Dienst verausgabt, daß keine Zeit mehr für die Familie geblieben war. Kinder müssen während der Vorbereitung auf ihre Unabhängigkeit rebellieren und Kräfte messen. Ihre Rebellion wird sich jedoch in Grenzen halten, wenn sie nicht bereits unter Wut und Ablehnung gegen ein Elternteil leiden, der nie da ist und dessen ständige Abwesenheit mit den Anforderungen Gottes und der Gemeinde begründet wird.

Ermutigung zu Kooperation und Eigenverantwortlichkeit

Im Alter zwischen sechs und zwölf Jahren muß ein Kind in zunehmendem Maße Verantwortung für sein eigenes Leben übernehmen. Wenn ein Elternteil nun immer für das Kind parat steht, dann gibt er ihm keine Chance, seine eigene Gewichtigkeit wahrzunehmen. Mit sechs oder sieben Jahren muß ein Kind noch daran erinnert werden, am richtigen Tag das Turnzeug mit in die Schule zu nehmen; wenn es zwölf ist, sollte es selbst daran denken und auch die Konsequenzen tragen, wenn es das Turnzeug vergessen hat.

Kooperation mit den anderen Familienmitgliedern und Verantwortung für bestimmte Aufgaben in der Familie sind eine gute Vorbereitung auf die wachsende Verantwortung des Jugendlichen.

Schwierigkeiten als Folge von Mängeln in diesem Stadium

Das Gefühl, ständig zu versagen

Ein Mann um die Vierzig gestand uns, daß er sich nicht zutraute, seiner Arbeit nachzugehen und angemessen für seine Familie zu sorgen. Er hielt sich für einen Versager in allem, was er auch anpackte, auch wenn das absolut nicht die richtige Einschätzung seiner eigenen Lebenssituation war. Wir fanden ziemlich bald heraus, daß in seiner gesamten Kindheit und Jugend sein Vater ihm auch nicht ein einziges Mal etwas Ermutigendes gesagt hatte. Ihm schien nur ungeheuer viel daran gelegen zu haben, seinen Sohn kleinzumachen und dessen Mängel hervorzuheben. Der Vorwurf des Versagens hatte seine ganze Kindheit geprägt und war zu einem Teil seiner Normalität geworden. Obwohl sein Vater gar nicht mehr lebte und somit auch nicht die Aufmerksamkeit auf das Versagen seines Sohnes lenken konnte, war der Mann nicht in der Lage, die kritische Stimme des Vaters hinter sich zu lassen und auszusperren. Statt dessen hatte er da weitergemacht, wo sein Vater aufgehört hatte, indem er sich ständig selbst verurteilte.

Falsche Schuld- und Schamgefühle

Am Ende einer Veranstaltung in Australien kam eine junge Frau zu mir und sagte, daß sie zum ersten Mal verstanden hätte, warum sie ständig von Schuldgefühlen geplagt sei. Ich hatte in meinem Referat erwähnt, daß Eltern manchmal aus irgendeinem Grund von ihren Kindern enttäuscht sind. Zum Beispiel, wenn sie sich einen Jungen gewünscht haben, dann aber ein Mädchen bekommen, oder wenn sie sich einen guten Sportler wünschen, der eine Familientradition fortsetzen soll, und einen Wissenschaftler bekommen. Die Folge kann sein, daß das Kind Schuldgefühle hat, weil es nicht das Erwünschte ist oder hat. Der besagten jungen Frau war auf einmal klar geworden, daß sie sich immer schuldig gefühlt hatte, weil sie kein Junge geworden war und deshalb die elterliche Farm nicht hatte übernehmen können.

Eltern können falsche Erwartungen an ein Kind richten. Manchmal versuchen sie sogar, eigene unerfüllte Wünsche oder eigene enttäuschte Erwartungen stellvertretend durch das Kind zu erfüllen. Das Kind kämpft darum, diese unausgesprochenen Erwartungen zu erfüllen, und fühlt sich minderwertig und schuldig, wenn ihm das nicht gelingt.

Ein weiterer Grund für Schuldgefühle und Selbstverdammung ist Beschämung. Die Eltern haben vielleicht versucht, das Kind in den Griff zu bekommen, indem sie es beschämten. Sätze wie „Du bist ein ekliges Kind" können sich wie ein Dolch in die Seele eines Kindes bohren und sind nur schwer wieder auszulöschen. Es ist schmerzlich mit anzusehen, wenn ein Erwachsener solch einen ihm vor Jahren zugefügten Schmerz noch einmal empfindet. Wie oft habe ich Schluchzer qualvoller Scham gehört: „Ich bin eklig, ich bin eklig!", wenn Menschen, die bei uns Beratung suchten, das Urteil der Eltern als eigenes Urteil über sich selbst übernommen hatten.

„Scham ist ein unbehagliches oder schmerzliches Gefühl, das sich einstellt, wenn wir erkennen, daß wir in irgendeinem Bereich unzulänglich sind, daß ein Bereich schlecht, unvollständig, kaputt, unecht, unzureichend ist oder ganz fehlt. Im Gegensatz zu Schuldgefühlen, bei denen wir uns schlecht fühlen, weil wir etwas Falsches getan haben, empfinden wir Scham nicht über etwas Schlechtes oder Falsches. Schuld scheint demnach korrigierbar oder vergebbar, während es aus der Scham scheinbar keinen Ausweg gibt."[8]

Verlust- und Trennungsangst

In diesem vierten Entwicklungsstadium zwischen dem sechsten und zwölften Lebensjahr beschließen manche Eltern, ihre Kinder aus dem Schutz und dem Einfluß des Elternhauses herauszunehmen und aufs Internat zu schicken. Ich selbst habe glückliche Erinnerungen ans Internat, aber ich wurde dadurch sehr früh von meinen Eltern getrennt und konnte mich nach dieser Zeit nie wieder richtig mit ihnen verständigen.

„Unfreiwillige Trennung und Verlust können während der Zeit des Kleinkind-, Schulkind- und Jugendalters Traumata auslösen."[9]

Unsere älteste Tochter blieb im Alter von vierzehn Jahren in einem Internat in England zurück, während der Rest der Familie nach Chile ging. Für sie war es die traumatischste Zeit ihres Lebens. Auch wenn sie um die Notwendigkeit einer guten Ausbildung wußte und die Situation kannte, in der wir uns befanden, war die Trennung von uns für sie geradezu unerträglich. Als sie uns einmal in den Ferien besuchte, erzählte sie uns die traurige Geschichte einer anderen Missionarsfamilie, deren Kinder ebenfalls auf ihrem Internat waren. Die beiden Mädchen waren seit ihrem sechsten Lebensjahr von den Eltern getrennt, und sie waren Teenager, als unsere Charlotte sie kennenlernte. Eines Sonntags wurde sie gebeten, die beiden Mädchen zu suchen, weil deren Eltern überraschend in England waren und bei der Gelegenheit natürlich auch ihre Töchter sehen wollten. Charlotte fand die beiden schließlich im Kunstraum. Aufgeregt überbrachte sie ihnen die Neuigkeit: „Eure Eltern sind da!" Aber keine von beiden rührte sich, ja sie blickten nicht einmal von ihrer Arbeit auf. Nach einer kurzen Pause murmelte dann eine der beiden mit emotionsloser Stimme: „Na und? Wen interessiert das schon?" Sie schienen völlig unempfänglich für die wichtigste Beziehung, die wir als Menschen haben können.

Unfreiwillige Trennung kann Angst vor zu engen Beziehungen hervorrufen. Das normale Verhalten der Zuneigung wird dann blockiert, und es sind nur noch kühle, distanzierte Beziehungen möglich.

Sexuelle Probleme

Wir haben ja schon das Beispiel des Kindervergewaltigers erwähnt, dessen einzige Erfahrung von Nähe und Zuneigung im Alter zwischen fünf und zehn Jahren sexuell geprägt war. Sexuelle Neugier ist zwar etwas ganz Normales, aber andauernde sexuelle Intimität in irgendeiner Form innerhalb der Familie oder außerhalb beschmutzen das Kind nicht nur und bewirken Schuldgefühle und Selbsthaß, sondern sie können auch der sexuellen Orientierung des Kindes für das spätere Leben schaden.

Eine junge Frau beispielsweise schleppte jahrelang Schuldgefühle mit sich herum, weil sie sexuelle Spielchen mit ihrem älteren Bruder gemacht hatte. Sie fühlte sich jetzt unfähig, ihrer eigenen Geschlechtlichkeit Ausdruck zu verleihen, und schämte sich für viele ihrer weiblichen Eigenschaften. Sie war jedoch unfähig, ihre sexuellen Empfindungen vollständig zu unterdrücken, und hatte ständig mit dem Verlangen nach Selbstbefriedigung zu kämpfen.

Ein unter- oder überentwickelter innerer Polizist

Während dieser Phase entwickelt sich nach und nach das Gewissen, und die Regeln der Eltern werden langsam aufgenommen und verinnerlicht. Eine zu strenge Erziehung mit zu vielen Regeln kann später zu einem überentwickelten inneren Polizisten führen, der mit dummen Regeln herrscht und dann den Menschen verdammt, wenn er die Regeln nicht alle präzise einhält.

Auch ein unterentwickelter innerer Polizist kann für manche Erwachsenen zum Problem werden. Sie sind dann ständig in irgendwelchen Schwierigkeiten. Möglicherweise haben die Eltern solcher Menschen in deren Kindheit zuviel an dem Kind herumgenörgelt, und es hat deshalb einfach nicht mehr hingehört. Oder vielleicht haben unsinnige Regeln es wütend gemacht und seinen Widerstand herausgefordert, so daß es dies jetzt seinen Eltern durch schlechtes Benehmen heimzahlt. Ein weiterer Grund für ein unentwickeltes Gewissen kann ein Mangel an zuverlässigen, festen Grenzen sein. Das Resultat: Kinder wissen nicht, wo ihre Grenzen sind.

Zorn und Ablehnung Gott gegenüber

Eine junge Frau, die als Kind von Missionaren in Afrika geboren worden war, kam zu uns zur Beratung und wetterte wütend gegen Gott, weil er sie ihrer Meinung nach unfair behandelte. Sie erzählte die traurige Geschichte von ihren christlichen Eltern und anderen für sie wichtigen Bezugspersonen, die während ihrer Kindheit sehr achtlos und gedankenlos mit ihr umgegangen waren.

Ihr Selbstwertgefühl war immer geringer geworden, so daß sie schließlich verbittert und voller Ablehnung war, und zwar nicht gegen ihre Eltern, sondern gegen Gott, der das ganze Leben der Eltern beherrscht hatte.

Eigentlich hätte die Wut dieser jungen Frau sich gegen die Eltern und deren Kirche richten müssen. Es ist nicht Gottes Fehler, wenn Menschen, denen er Kinder anvertraut hat, durch Egoismus und Stolz in dieser Aufgabe versagen. Wenn der Zorn erst einmal erkannt und auf das richtige Ziel gerichtet worden ist, dann besteht die Chance, daß Vergebung gewährt wird und eine schwärende Wunde endlich gereinigt werden und heilen kann.

Zu Erinnerungen aus dieser Phase der Kindheit hat man relativ leicht Zugang, und deshalb ist es vielleicht auch einfacher, mit ihnen fertig zu werden. Weil es sich hier außerdem um eine Phase der Vernunft und des Verständnisses handelt, wird das Trauma aber vielleicht auch einfach mit dem Verstand wegdiskutiert und dadurch nur oberflächlich behandelt.

Tatsächlich aber können die in dieser Phase entstandenen Verletzungen sehr tief sein, und es kann durchaus mehr als nur ein Gebet nötig sein, sie zu verarbeiten, wie in dem Fall eines Teenagers, der immer wieder weinend zusammenbrach, weil sein Vater ihn ständig beschämt und verächtlich gemacht hatte. „Wann hört das endlich auf?" lautete sein Aufschrei. Der Schmerz schien schier endlos zu sein. Das Fehlen eines „Gerade-richtig-guten-Elternteils" muß betrauert werden. Dieser Mangel muß genau wie beim Verlust eines geliebten Menschen verarbeitet werden. Eines Tages wird auch der besagte Teenager damit fertig sein und Frieden finden. Es mag zwar immer Trauer bleiben, aber nach und nach sollten Vergebung und Heilung an die Stelle von Wut und Verletzung treten. Haben Sie also Geduld und lassen Sie sich genug Zeit beim Durcharbeiten der folgenden Vorschläge und Gebete.

Arbeitsteil

1. Lesen Sie sich die nachfolgenden Fragen durch. Dort, wo ihre Antwort „Ja" lautet, schreiben Sie es in Form einer Feststellung in Ihr Tagebuch. Beispiel: Wenn Sie auf die Frage „Haben Sie Angst davor, für jemanden Zuneigung zu empfinden?" mit „Ja" antworten, dann schreiben Sie auf: „Ich habe Angst davor, für jemanden Zuneigung zu empfinden."

- Fühlen Sie sich oft verurteilt und schuldig?
- Halten Sie sich oft für einen Versager?
- Ist Ihnen oft etwas peinlich oder schämen Sie sich häufig?
- Haben Sie Angst vor dem Alleinsein?
- Haben Sie Angst davor, für jemanden Zuneigung zu empfinden?
- Bringen Sie Ihre Gefühle übertrieben stark zum Ausdruck?
- Unterdrücken Sie ständig Ihre Gefühle?
- Haben Sie sexuelle Probleme?
- Sind Sie wütend auf Gott?

2. Bitten Sie gemeinsam mit der Person Ihres Vertrauens Gott darum, Ihnen jede Situation, Beziehung und Erfahrung in Erinnerung zu bringen, die zu dem von Ihnen festgestellten Problem beigetragen haben könnte.

3. Nehmen Sie sich Zeit, sich an die Situation, die Beziehung oder das Erlebnis zu erinnern, und beschreiben Sie es Gott entweder im Gebet oder schriftlich in Ihrem Tagebuch. Machen Sie sich dabei bewußt, welche Empfindungen währenddessen in Ihnen hochkommen, und beschreiben Sie auch diese.

4. Bitten Sie Gott, Ihnen neue Erkenntnisse über sich selbst, über die andere(n) Person(en), die Situation oder das Erlebnis zu geben. Bitten Sie Gott, Ihnen zu zeigen, welche Schritte er sich von Ihnen als Beitrag zur Lösung des Problems wünscht.

5. Nachdem Sie das getan haben, lassen Sie Gott Zeit, seine Heilung an Ihnen zu vollziehen. Gehen Sie in Ihren Gedanken zurück in die betreffende Situation und bitten Sie Jesus mitzukommen. Warten Sie, bis Ihnen seine Gegenwart ganz bewußt ist.
   Was tut er?
   Sagt er etwas zu Ihnen?
   Wenn Sie fertig sind, beschreiben Sie alles, was Sie gerade erlebt haben, ausführlich und genau in Ihrem Tagebuch.

6. Nehmen Sie sich Zeit, die folgenden Bibelverse auf sich einwirken zu lassen:
   „Der Geist Gottes des Herrn ist auf mir, weil der Herr mich gesalbt hat. Er hat mich gesandt, den Elenden gute Botschaft zu bringen, die zerbrochenen Herzen zu verbinden, zu verkündigen den Gefangenen die Freiheit, den Gebundenen, daß sie frei und ledig sein sollen; zu verkündigen ein gnädiges Jahr des Herrn und einen Tag der Vergeltung unsres Gottes, zu trösten alle Trauernden, zu schaffen den Trauernden zu Zion, daß ihnen Schmuck statt Asche, Freudenöl

statt Trauerkleid, Lobgesang statt eines betrübten Geistes gegeben werden“ (Jes 61,1-3).

Oder:

7. Machen Sie gemeinsam mit Jesus eine Reise durch den 23. Psalm. Gehen Sie die Verse nacheinander einzeln durch und wenden Sie sie auf besonders schmerzliche Erinnerungen aus Ihrer Kindheit an. (Das geht am besten in Gegenwart Ihrer Vertrauensperson. Sie brauchen jedoch nicht den Trost dieser Person, sondern ihre Hilfe.)
   Zum Beispiel Psalm 23, Vers 4: „Und ob ich schon wanderte im finstern Tal, fürchte ich kein Unglück, denn du bist bei mir, dein Stecken und Stab trösten mich.“
   Vielleicht können Sie sich an eine Zeit in Ihrer Kindheit erinnern, in der Sie besonders viel Angst hatten, in der Sie verzweifelt waren und sich allein fühlten. Bitten Sie zunächst einmal Jesus, Ihr Hirte zu sein und Sie auf Ihrer Reise durch dieses „finstere Tal“ zu begleiten. Gehen Sie jetzt gedanklich zurück zu dem betreffenden Erlebnis und halten Sie dabei ganz fest die Hand von Jesus. Wenn die Gefühle hochkommen, schreien Sie alles zu ihm heraus und erzählen Sie Ihm alles über dieses Erlebnis. Danach lassen Sie sich von ihm trösten.

8. Öffnen Sie diesen Bereich Ihres Lebens auch weiterhin für Gott und seine vollständige Heilung, bis Sie erkennen, daß Veränderung stattfindet. Hören Sie nicht auf, Gott zu loben und ihm dafür zu danken, daß er Sie Jesus ähnlicher machen will. „Nun aber schauen wir alle mit aufgedecktem Angesicht die Herrlichkeit des Herrn wie in einem Spiegel, und wir werden verklärt in sein Bild von einer Herrlichkeit zur andern von dem Herrn, der der Geist ist“ (2 Kor 3,18).

9. Das Alter der Verwandlung
(5. Stadium, Adoleszenz)

„*Es gibt nur ein Mittel gegen Unreife — das Verstreichen der Zeit.*“
(Winnicott in Madeleine Davis und David Wallbridge)[1]

Als ich in der Pubertät war, hatte ich folgendes Erlebnis: Ich verbrachte die Schulferien bei meinen Eltern zu Hause. Während dieser Zeit feierte eine Freundin anläßlich ihres sechzehnten Geburtstags ein Kostümfest und sagte mir, ich sollte doch auch kommen. Ich fing an, Pläne für mein Kostüm zu entwerfen, und wartete voller Spannung auf das Eintreffen der schriftlichen Einladung. Andere Freunde hatten ihre Einladung schon längst erhalten, aber meine kam nicht. Jeden Tag wartete ich gespannt auf den Briefträger, aber der erwartete Brief blieb aus. Bald gelangte ich zu der Schlußfolgerung, daß der Brief entweder verlorengegangen sein mußte, daß sie vergessen hatte, mir überhaupt die Einladung zu schicken, oder, und das war die schlimmste denkbare Möglichkeit, daß sie beschlossen hatte, mich doch nicht einzuladen. Ich sprach mit niemandem über mein Dilemma. In meinen Gedanken nahm das Problem immer gigantischere Ausmaße an. Ohne Einladung konnte ich nicht auf das Fest gehen, aber genausowenig konnte ich um die Einladung bitten. So litt ich still vor mich hin, der Tag des Festes kam und verging. Ich fühlte mich abgelehnt, bloßgestellt, und am liebsten hätte ich mich zusammengerollt und wäre gestorben. Später sagte mir die Freundin, sie hätte sich gewundert, daß ich nicht gekommen wäre!

Dieses Erlebnis ist typisch für die verwirrende und turbulente Zeit der Pubertät. Es ist für jeden Menschen eine Zeit der Metamorphose. Wir sind dann scheinbar eingesperrt in einer Welt, in der wir uns nur um uns selbst drehen, empfindlich und verwirrt. Manche von uns brachten in dieser Zeit kaum ein Wort heraus, und wenn sie angesprochen wurden, erröteten sie so sehr, daß sie am liebsten unsichtbar gewesen wären. Unsere Körper waren völlig unproportioniert, manche Teile viel zu groß, andere dagegen viel zu klein. Dann kamen Tage, an denen die Stimme brach, Pickel auftauchten und die Haare fettig waren. Nichts an uns schien richtig. Wenn wir die Möglichkeit gehabt hätten, uns wie eine Raupe zu verpuppen, dann hätten wir diese Gelegenheit sicher dankbar genutzt. Wir hätten uns in unserem Kokon verstecken können, bis der ganze Vorgang vorüber gewesen wäre, und wären einfach als Schmetterlinge wieder hervorgekommen. Ohne diese Möglichkeit mußten wir uns eben selbst unsere Art von Kokon schaffen und uns für die Dauer des Vorgangs in uns selbst oder bei Freunden verkriechen.

Das Durchleben dieser letzten Kindheitsphase kann sowohl für den Teenager als auch für die Eltern so sein, als ob man mit einem Kanu durch einen Wasserfall schießt. Manchmal hat man das Gefühl, die Niagara-Fälle seien nur eben um die Ecke. Alles, was geschieht, scheint übertriebene Bedeutung zu haben. Das Leben ist voller Dramatik und Intensität. Situationen bekommen eine Dimension, als gehe es um Leben und Tod. Als ich damals meine Einladung zum Kostümfest nicht erhielt, wollte ich sterben. Ich erinnere mich bis zum heutigen Tag genau an die Intensität jener Empfindungen.

Die Pubertät ist eine Zeit gefühlsmäßiger Turbulenzen und kann bei manchen von uns bis heute ungelöste Probleme hinterlassen haben.

Themen für den Jugendlichen bezüglich seiner Entwicklung

Hormonelle Veränderungen

James Dobson glaubt, daß sowohl viele Eltern als auch Verhaltensforscher den Einfluß biochemischer Veränderungen während der Pubertät unterschätzen. „Wir können die Auswirkungen dieser Hormone am Körper erkennen, aber im Gehirn findet etwas ebenso Dynamisches statt. Wie sonst wäre es zu erklären, daß aus einem glücklichen, zufriedenen und kooperativen Zwölfjährigen plötzlich ein mißgelaunter, zorniger, deprimierter Dreizehnjähriger wird? Manche Kapazitäten auf diesem Gebiet geben sich mit der Erklärung zufrieden, daß ausschließlich gesellschaftlicher Druck für diese Veränderung verantwortlich ist. Das glaube ich ganz einfach nicht“[2], sagt Dobson. Die Stimmungsschwankungen des Jugendlichen sind weniger verwirrend, wenn man sie im Licht der Hormonumstellung betrachtet, im Rahmen derer ein Junge zum Mann und ein Mädchen zu Frau wird.

Gruppenzwang

Ein vierzehnjähriger Junge kam mit seinen Eltern zu uns zur Beratung und beschwerte sich, daß er von ihnen gezwungen würde, ständig an irgendwelchen Familienaktivitäten teilzunehmen. „Ich möchte mit meinen Freunden zusammensein", sagte er, „die Familie ist langweilig, und meine Freunde bedeuten mir unheimlich viel." Seine Eltern schauten entsetzt drein. Aber er war wirklich nicht absichtlich grausam zu ihnen. Er konstatierte lediglich eine für ihn gültige Tatsache. Für eine(n) Vierzehnjährige(n) ist die Gruppe der Gleichaltrigen das Allerwichtigste. Der Einfluß dieser Gruppe ist dann viel schwerwiegender als der der Familie. James Dobson kommt bei seinen Untersuchungen zu dem Ergebnis, „daß der Druck Gleichaltriger ein weit beherrschenderer Faktor in der Formung des Verhaltens beim Teenager ist als der elterliche Einfluß".[3] Das Bedürfnis, innerhalb seiner Gruppe „in" zu sein, ist für den Jugendlichen lebenswichtig. Sein Selbstwertgefühl ist abhängig vom Akzeptiertwerden bzw. Nichtakzeptiertwerden in seiner Bezugsgruppe. Beliebtheit wird oft durch sportliche Leistungen oder gutes Aussehen erlangt, und von dieser Elitegruppe akzeptiert bzw. belächelt zu werden kann den Tag retten oder das Leben unerträglich machen. Ich kann mich erinnern, daß ich einmal einen jungen Mann nach Erinnerungen an seine Zeit als Jugendlicher fragte. Bei dem Gedanken an jene Zeit zog er eine Grimasse: „Es war schrecklich, und ich mag gar nicht mehr daran denken", antwortete er.

Die Bezugsgruppe beeinflußt das Selbstgefühl, und sie kann die Selbstannahme eines Teenagers fördern oder behindern.

Selbstannahme

Selbstannahme hat damit zu tun, wie wir uns selbst sehen und empfinden. Die Pubertätszeit ist begleitet von quälenden Selbstzweifeln und zeitweiligem Selbsthaß. Sie ist eine Reise, aus der wir schließlich einigermaßen sicher und im Einklang mit uns selbst hervorgehen sollten. „Der Schritt zur Selbstannahme wird im Idealfall gleich nach der Pubertät vollzogen. Die Pubertät ist für uns alle ein narzißtisches Stadium. Während wir uns in diesem Stadium befinden, sind wir übertrieben stark mit uns selbst beschäftigt und übertrieben empfindlich (speziell, was unseren Körper betrifft), ... ob wir für andere akzeptabel sind oder nicht."[4] Es ist eine schmerzvolle Zeit, und es gibt zahlreiche Faktoren, die den Prozeß behindern können. Ein entscheidender Faktor dabei scheint die Annahme bzw. Nichtannahme durch die Bezugsgruppe zu sein.

Während dieser Zeit sind viele junge Leute geradezu besessen von dem Gedanken an ihr Gewicht. Sie halten sich für zu dick und fangen an, streng nach Diät zu leben. Helena Wilkinson, die eine Magersucht (anorexia nervosa) hinter sich hat, beschreibt ihren Kampf ums Überleben in ihrem Buch „Puppet on a String" („Marionette", Anm. d. Übers.).

Sie schreibt: „Die Suche nach meiner eigenen Identität und Schwierigkeiten mit Beziehungen waren die beiden Hauptpunkte ..., und ich glaube, daß beide eine wesentliche Rolle bei der Entwicklung der Anorexie gespielt haben."[5] Viele Teenager fangen ernsthaft an, Diät zu halten, um besser auszusehen — etwas durchaus Übliches. Damit daraus jedoch eine Magersucht wird, muß nach Helena Wilkinsons Ansicht noch ein tieferliegendes Problem unerfüllter emotionaler Bedürfnisse vorhanden sein.

Während der Pubertätszeit und dem Teenageralter sind gleichzeitig sehr verschiedene, sich überschneidende und miteinander verknüpfte Kämpfe vorhanden; der Kampf, dazuzugehören, anerkannt zu sein, eine Persönlichkeit zu sein und die geschlechtliche Identität unter Beweis zu stellen. Erikson nennt das Hauptthema dieses Stadiums „Identität versus Rollendiffusion". Winnicott meint, das Problem des Jugendlichen kreist um die Aussage „Ich bin" und die Frage „Wer bin ich?". Skynner weist darauf hin, daß dieses Stadium eine Wiederaufnahme früherer Entwicklungsstadien ist und daß das Kind auch hier wieder mit den Themen Autonomie, Zuneigung (Bindung) und sexuelle Identität konfrontiert ist.

Geschlechtliche Identität

Die Bearbeitung dieses Themas ist eng verknüpft mit dem der Selbstannahme und kann auch durch den Gruppenzwang beeinflußt sein, aber der Haupteinfluß auf die sich herauskristallisierende geschlechtliche Identität geht von der Vaterfigur aus. Die Präsenz des Vaters und die Bestätigung durch ihn sind für Teenager beiderlei Geschlechts von entscheidender Bedeutung.

Mit der hormonellen Umstellung erwacht auch das sexuelle Interesse erneut, diesmal allerdings sehr viel stärker. Wieder wird die Anziehungskraft am anderen Geschlecht ausprobiert, jetzt allerdings mit einem entscheidenden Unterschied. Der/die Jugendliche wird sexuell anziehend und erlebt wirklich sexuelle Empfindungen, mit der Folge, daß die Eltern jetzt wie auf heißen Kohlen sitzen.

Während der Teenager sich seiner geschlechtlichen Identität sicherer wird, beginnt das ernstgemeinte Flirten mit Mitgliedern der eigenen Altersgruppe. Die meisten Erwachsenen erinnern sich jedoch daran, dabei zwiespältige Gefühle gehabt zu haben, auch wenn diese oft nicht lange anhielten. Man erlebte Liebe und Bewunderung für jemanden desselben Geschlechts, aber gleichzeitig entwickelte sich das Interesse am anderen Geschlecht. „Hier ist wieder diese Ungewißheit vorhanden, denn im frühen Jugendalter ‚weiß der Junge oder das Mädchen noch nicht, ob es homosexuell, heterosexuell oder einfach narzißtisch sein wird.'"[6]

Wenn ich mich an das häufige „Verknalltsein" während meiner Internatszeit erinnere und an den Mangel an Gelegenheit zu Beziehungen zum anderen Geschlecht, dann bin ich heute noch froh, daß wir die Möglichkeit hatten, unsere Töchter auf gemischte Schulen zu schicken. Sie wurden ohne große Schwierigkeiten mit heterosexuellen Beziehungen vertraut und genossen ihre gleichgeschlechtlichen Freundschaften ohne allzuviel Verwirrung. Die meisten Menschen werden jedoch im frühen Teenageralter ein vorübergehendes Hingezogensein zum eigenen Geschlecht erlebt haben. Vorausgesetzt, in den früheren Entwicklungsstadien wurde eine gute Grundlage gelegt und während der Pubertät geschah nichts, was den normalen Reifungsprozeß hätte blockieren können, geht dieses homosexuelle Stadium vorüber, und es wird eine vollständige heterosexuelle Identität erreicht.

Unabhängigkeit oder Selbstvertrauen

In der Reise durch die Jugend bewegt sich das Kind von der Abhängigkeit in die Unabhängigkeit. Ähnlich wie ein Schmetterling sich aus der Verpuppung herauskämpfen muß, bedeutet es Kampf für den Teenager, sich aus der sicheren, behaglichen Umgebung der Familie zu lösen und seine ersten selbständigen „Flugversuche" zu unternehmen. Dieser Kampf ist oft von Rebellion und Wut über die vom Heranwachsenden als einengend empfundenen, von den Eltern festgesetzten Grenzen begleitet. Das Bedürfnis, sich von der elterlichen Kontrolle zu befreien, ist ganz normal, und Gefühle der Frustration und der Wut den Eltern gegenüber versetzen den Teenager in die Lage, die notwendigen Schritte zum Selbstvertrauen und in die Unabhängigkeit zu vollziehen. Um die Intensität der Beziehung zu den Eltern zu lockern und sich von ihnen weg bewegen zu können, muß ein Kind im übertragenen Sinne darauf vorbereitet werden, seine Eltern zu „beseitigen". „Winnicott verwendet bewußt eine solch drastische Bildsprache, wenn er schreibt: ‚Wenn aus dem Kind ein Erwachsener werden soll, dann wird dieser Schritt über die Leichen der Erwachsenen erreicht ... Wo die Herausforderung durch einen heranwachsenden Jungen oder ein heranwachsendes Mädchen existiert, sollen sich die Erwachsenen dieser Herausforderung stellen. Und das wird nicht unbedingt schön sein.' Für einen Erwachsenen ist es ebenso notwendig, diese Herausforderung zu überleben, ‚beseitigt' zu werden, aber auch wieder aufzuerstehen."[7]

Kampf, Schmerz, Zweifel, Konfrontation und Angst sind sehr gefühlsbetonte Begriffe, aber sie können im Zusammenhang mit diesem Stadium durchaus angewendet werden. Der Reifungsprozeß fordert Zeit und kann durch nichts beschleunigt werden. Sowohl für die Eltern als auch für den/die Heranwachsende(n) kann er sehr anstrengend und zermürbend sein. Wenn jedoch die Eltern mutig und stark genug sind, mit ihrem Kind zusammen diesen schmerzlichen Prozeß durchzustehen und mit ihm zusammen das Ende des Prozesses zu erreichen, kann dabei eine Beziehung zwischen Erwachsenen herauskommen, die auf gegenseitigem Respekt beruht.

Der Heranwachsende muß Selbstannahme erreichen, eine geschlechtliche Identität und Selbstvertrauen — dann ist er bereit für die Unabhängigkeit. Um das jedoch zu erreichen, ist er auf die Hilfe der Eltern angewiesen.

Die Aufgaben der Eltern

Fest sein

Unsere älteste Tochter, sie war damals dreizehn Jahre alt, kam eines Abends sehr nachdenklich vom Besuch bei einer chilenischen Freundin nach Hause. „Maria sagt, daß ihre Eltern sie nicht liebhaben", verkündete sie.

„Wie kommt sie denn darauf?" fragte ich.

„Sie sagt, es interessiert ihre Eltern nicht, wann sie kommt oder geht", antwortete Charlotte. Ich wußte, daß das stimmte, aber ich war erstaunt, daß Maria die Gedankenlosigkeit ihrer Eltern so interpretierte.

Auch ein rebellierender, zorniger Teenager braucht Liebe und die Gewißheit, daß er von seinen Eltern geliebt wird. Außerdem braucht er etwas, mit dem er kämpfen und an dem er sich reiben kann, so wie ein Schmetterling, der aus seiner starren Verpuppung herausschlüpft. Deshalb müssen die Eltern sicher und fest sein und auch weiterhin zuverlässige Grenzen setzen.

Es ist jedoch niemals weise, sich über Nebensächlichkeiten zu streiten. Eine Freundin von mir hatte kürzlich eine Auseinandersetzung mit ihrem Schwiegervater, der ständig an der Kleidung ihres Sohnes herumnörgelte. „Ich kann nicht mit ansehen, wie er herumläuft", erklärte der alte Herr. „Uns macht es nichts aus", antwortete meine Freundin, „also laß ihn bitte in Ruhe." Nun wußte ich, daß auch meine Freundin nicht gerade begeistert war vom Kleidergeschmack ihres Sohnes, aber sie hatte entschieden, daß dies kein Thema war.

Besonders für christliche Eltern ist die Versuchung groß, Druck auf die Kinder auszuüben, damit diese sich anpassen, einfach weil sie sich vor Freunden und den anderen Gemeindemitgliedern nicht blamieren wollen. Manche Eltern sind idealistisch und perfektionistisch dazu, und James Dobson warnt jene Eltern, „die entschlossen sind, ihre heranwachsenden Kinder — und zwar alle — dazu zu bringen, etwas zu leisten, es zu etwas zu bringen und sich nur an höchsten Maßstäben zu orientieren. Nebenbei bemerkt ist ein Perfektionist jemand, der sich bei allem, was er tut, große Mühe gibt und dieses Mühen dann auf alle anderen überträgt. Indem er das tut, schaukelt er an einem Boot, das bereits von Stromschnellen bedroht ist."[8]

Bestätigung vermitteln

Festigkeit gepaart mit dem Akzeptieren des Jugendlichen als wertvolle Persönlichkeit ist das einzige Gegenmittel gegen die Unsicherheit und die quälenden Selbstzweifel, die dieses Alter mit sich bringt.

Leanne Payne hebt immer wieder die entscheidende Rolle des Vaters während dieser Entwicklungsphase hervor. „Die Bestätigung des Kindes durch den Vater ist natürlich während der gesamten Entwicklung unverzichtbar, denn sie bildet die Grundlage für eine spätere vertrauensvolle Beziehung. Aber der Vater darf sich besonders während dieser kritischen Phase der Entwicklung im Leben des Jugendlichen nicht entziehen. Ich habe immer wieder den Eindruck, daß die liebevolle und bestätigende Präsenz des Vaters (oder die eines außergewöhnlichen Vaterersatzes) die Leiter ist, auf der der junge Sohn oder die Tochter den entscheidenden Entwicklungsschritt zur Selbstannahme tut."[9]

Und weiter schreibt sie: „Beide Geschlechter hören in der Pubertät auf die Stimme des Mannes. Ob wir aus dem narzißtischen Stadium herauskommen und uns selbst annehmen, hängt von männlicher Bestätigung ab. Wenn die starke Hand der Liebe und Bestätigung nicht auf der Schulter des Sohnes oder der Tochter ruht, dann hat das tragische Folgen, besonders in unserer Zeit der schwindenden Kernfamilien. Wirkungsvoller Vaterersatz ist etwas sehr Seltenes. Großväter, Onkel und andere männliche Rollenvorbilder sind noch seltener als Väter."[10]

Ich schätze, daß etwa 60 Prozent der Menschen, die bei der Beratungsstelle unserer Gemeinde Hilfe suchen, nicht genügend Bestätigung vom Vater erfahren haben. Das ist vielleicht nicht das Hauptproblem in ihrem Leben, aber es hat die anderen bestehenden Probleme verstärkt.

Eine junge Frau arbeitete mehrere Monate sehr hart an den Problemen, die daraus resultierten, daß ihre Mutter sie anscheinend nicht mochte und ablehnte. Zunächst beharrte sie darauf, daß ihre Probleme ausschließlich durch die schlechte Beziehung zu ihrer Mutter verursacht worden seien. Nach und nach richtete sich jedoch die Aufmerksamkeit immer stärker auf ihren schwachen, unzulänglichen Vater. Sie konnte sich nicht erinnern, daß er ihr jemals offen seine Zuneigung gezeigt oder ihr Bestätigung vermittelt hatte. Einmal brach sie zusammen, weinte bitterlich und sagte immer wieder: „Vater, ich habe dich so gebraucht, warum warst du nicht für mich da?"

Es ist eine Tatsache, daß viele Menschen, die Beratungsstellen oder Psychologen aufsuchen, vielleicht sogar die Kirchen um Rat fragen, in Wirklichkeit eine starke männliche Bestätigung suchen, die sie als Kleinkinder und als Teenager nicht bekommen haben. Wenn ein Vater sich darüber freut, wie sich seine Tochter zur Frau entwickelt, dann ist das für sie Ermutigung und Bestätigung, die Frau zu werden, als die Gott sie gewollt hat. Wenn ein Vater Zeit mit seinem Sohn verbringt, mit ihm gemeinsame Interessen pflegt und mit ihm redet, dann bestätigt er ihn in Wirklichkeit in seinem Mannsein.

Gegenseitiger Respekt

Wenn Teenager im Haus sind, kommt es unweigerlich zu Spannungen. Es gibt Spannungen zwischen Mutter und Tochter, zwischen Vater und Sohn und oft auch Meinungsverschiedenheiten zwischen den Eltern. Wenn das geschieht, ist es wichtig, daß die Kinder wissen: die Eltern lieben und achten sich gegenseitig und stehen fest zusammen. Wenn gegenseitige Achtung vorhanden ist, dann kann eine gute Ausgewogenheit erreicht werden.

Ein Elternteil ist vielleicht zu nachgiebig, während der andere zu streng ist, so daß ein Mittelweg gefunden werden muß. Dann geschieht es oft, daß der strengere Elternteil noch strenger wird, um den nachgiebigen Elternteil auszugleichen, woraufhin der andere wiederum versucht, Ausgewogenheit herzustellen, und noch nachgiebiger wird. Das Ergebnis ist Polarisierung statt Gemeinsamkeit. Respekt vor der Meinung des anderen bedeutet, sich einander anzunähern, anstatt weiter auseinanderzudriften. Auf diese Weise wird ein größeres Maß an Ausgewogenheit erreicht.

Weiterhin das Gespräch suchen

Schweigen und Kommunikationsverweigerung sind ein Markenzeichen von Jugendlichen. „Sie erzählt mir nicht, was los ist. Wenn sie etwas preisgeben würde, könnte ich ihr vielleicht helfen", beklagte sich die Mutter eines sehr jungen Teenagers, der die Schule schwänzte und an der Grenze einer Magersucht war. Der einzige Rat für eine solche Mutter lautet, erreichbar zu sein und die Möglichkeit zum Gespräch offenzulassen.

Es ist wichtig für Mutter und Tochter, genauso wie für Vater und Sohn, Zeit miteinander zu verbringen. So schwierig kann es doch nicht sein, ein gemeinsames Interessengebiet zu finden; ein Fußball- oder Handballspiel, eine Fernsehsendung, die man sich zusammen anschauen und dann darüber sprechen kann, oder ein gemeinsamer Schwimmbadbesuch. Unsere Töchter sind alle „Sonnenanbeter", wie mein Mann es nennt. Stundenlang können sie in der Sonne liegen. So im Garten liegend, haben wir etliche ungestörte Gespräche geführt. Dobson ist davon überzeugt, daß „die rebellischen Jahre in relativer Ruhe vorübergehen können, wenn Vater und Sohn gemeinsame Interessen entwickeln".[11]

Immer mehr loslassen

Eltern halten ihre Kinder oft länger als nötig fest oder schaffen es nicht, sie auf die Unabhängigkeit vorzubereiten. Ich kenne eine Familie, in der die Eltern ihren Kindern regelrecht einen „Unabhängigkeitskursus" verordneten. Der Vater unterrichtete sie in Finanzangelegenheiten, und bei der Mutter lernten sie kochen. Wenn sie verreisten, mußten die Kinder Kursbücher wälzen und die Reiseroute festlegen. Es war eine geplante Maßnahme der Eltern, um ihre Kinder auf die Zukunft vorzubereiten.

Ein Teenager muß lernen, wieviel Aufwand es bedeutet, sich selbst zu „verwalten", und er muß anfangen, Verantwortung für sein eigenes Leben zu übernehmen. Die Aufgabe der Eltern besteht darin, dies dem Kind so leicht wie möglich zu machen.

Besonders wichtig ist es in diesem Entwicklungsstadium, daß Eltern aufhören, ihre Kinder mit Wünschen bezüglich christlicher Aktivitäten zu bestürmen. Wenn es in der Gemeinde noch mehr junge Leute gibt und wenn die Gottesdienste und Predigten ansprechend sind und etwas zu sagen haben, dann bleibt ein Teenager mit großer Wahrscheinlichkeit auch weiterhin in der Gemeinde aktiv. Früher oder später muß er aber auf jeden Fall eine ganz eigene Glaubensentscheidung treffen.

Es versteht sich wohl von selbst, daß man von einem Teenager in diesem Alter nicht plötzlich aus heiterem Himmel christliche Werte und Maßstäbe erwarten kann. Wenn sie nicht bereits in den ersten persönlichkeitsprägenden Lebensjahren ein natürlicher Bestandteil des Familienlebens gewesen sind, dann ist es mit Sicherheit schwierig, sie jetzt einzuführen.

Es wird immer Konflikte mit dem/der Heranwachsenden geben, und der Prozeß des Loslassens wird wohl immer problembehaftet sein. Das am schwierigsten zu überwindende Hindernis für Eltern ist der eigene Stolz. Nehmen wir das Beispiel der Kleidung, darüber streiten sich Eltern und Teenager sehr oft. Die Anzahl der Ohrringe in einem Ohr, die Lumpen, die das Kind in aller Öffentlichkeit trägt — vor den Augen von Freunden, Nachbarn und Gemeindemitgliedern! Wenn Eltern einmal ehrlich sind, dann macht ihnen am meisten zu schaffen, daß ihr einst vorzeigbares und begabtes Kind, ihr ganzer Stolz und ihre ganze Freude, sie im Stich läßt und schauerlich aussieht.

Ein Licht ins Fenster stellen

Genauso wie die Gegenwart der Mutter beim Kleinkind so viel Vertrauen bewirkt, daß es seine Umgebung zu erforschen wagt, so gibt die Sicherheit des Elternhauses und der Familie dem Heranwachsenden den Mut, die Welt zu erkunden und seine Unabhängigkeit und sein Selbstvertrauen auszuprobieren.

„Der Prozeß, sich in immer größer werdenden Kreisen vom sicheren Hafen der Familie zu entfernen, wird sehr erleichtert, wenn die Familie auch weiterhin vorhanden und erreichbar ist." Auch wenn die vollständige Unabhängigkeit erreicht ist, ist es gut zu wissen, daß es das Elternhaus immer noch gibt und daß es am gewohnten alten Platz ist. Zunächst experimentiert der Teenager mit der Unabhängigkeit. Möglicherweise unternimmt er ein paar Probeläufe, aber „die Exkursion ist nur dann von Nutzen, wenn sie mit einer Rückfahrkarte in der Tasche angetreten wird".[12]

Wenn ich meiner Tochter Briefe ins Internat nach England schrieb, dann habe ich immer ganz ausführlich das Haus und die Familienaktivitäten geschildert. Sie konnte sich dann alles gut vorstellen und hatte die Gewißheit, daß wir immer noch alle da waren. Eine uns bekannte Missionarsfamilie mußte an einen anderen Ort umziehen, während die Tochter im Internat war. Das Mädchen war sehr beunruhigt, brach den Kontakt zur Familie ab und weigerte sich, sie zu besuchen. Sie hatte ihren Anker verloren. Für eine(n) Heranwachsende(n) ist der Kontakt mit der Familie die Verbindung zur Wirklichkeit. Weil die Familie existiert, existiert auch er/sie, gehört er/sie irgendwohin, hat seine/ihre Wurzeln. Wenn das Identitätsbewußtsein dann stärker wird, ist eine solche Rückversicherung immer weniger notwendig. Die Verbindung zur Familie ist allerdings auch weiterhin ein Bestandteil des emotionalen Wohlbefindens und der emotionalen Gesundheit.

Ich habe dieses Kapitel mit der Geschichte von dem Kostümfest angefangen, zu dem ich nie kam. Ein Problem dabei war meine Unfähigkeit, mit meinen Eltern über meine mißliche Lage zu reden. Ein weiteres Problem waren meine nach innen gerichteten Empfindungen des Selbstzweifels und der Gehemmtheit. Das ist ganz typisch für das Teenageralter. Niemand übersteht diesen Lebensabschnitt völlig ohne Narben. Vielleicht sind die Wunden nur oberflächlich gewesen und im Lauf der Zeit relativ schnell und problemlos geheilt. Aber manche Traumata der Pubertätszeit hinterlassen tiefe Verwundungen, von denen wir uns vielleicht noch immer nicht völlig erholt haben.

In jedem Entwicklungsstadium müssen einige wichtige Ziele erreicht werden, und auch die Entwicklungsschritte eines/einer Heranwachsenden sind sehr wichtig. Hier gilt ebenfalls, was bereits mehrfach erwähnt wurde: Wenn diese Aufgaben nicht richtig bewältigt werden, dann kann es zu unreifen Reaktionen und Verhaltensweisen kommen, die dann wiederum in der nächsten Entwicklungsphase Schwierigkeiten mit sich bringen können. So kommt es, daß eine junge Frau, die aus dem Elternhaus auszieht, um zu heiraten, dann feststellt, daß sie nicht leben kann ohne die Mama, die ihr sagt, was sie zu tun hat. Sie hat nie Selbstvertrauen erlangt, und das bringt so lange unreife Reaktionen mit sich, bis der nötige Schritt vollzogen ist.

Ungelöste Probleme des Heranwachsendenalters

Gehemmtheit

Wenn ein Mensch nicht den Zustand der Selbstannahme erreicht hat, kann er unter Umständen immer ein narzißtischer, nur um sich selbst kreisender Teenager bleiben. Er hat dann Schwierigkeiten, andere Menschen anzusehen, weil ihn das verlegen und gehemmt macht. Ein solcher Mensch kann schon mittleren Alters sein und es immer noch schwierig finden, in einer kleinen Gruppe zu sprechen oder in Gegenwart anderer Menschen eine Frage beantworten zu müssen. Ich plauderte vor kurzem mit einer Frau, die immer noch errötete und kein Wort herausbrachte, wenn sie von jemandem angesprochen wurde. Ihr Vater war ein dominierender Mann gewesen, der sie in Angst und Schrecken versetzt und sie nie in ihrer Weiblichkeit bestätigt hatte. Folglich war sie in ihrer emotionalen Entwicklung steckengeblieben und in bezug auf ihre Geschlechtlichkeit unsicher und gehemmt.

Selbstbefriedigung

Narzißmus und das Kreisen des Teenagers um die eigene Person sind Teil eines ganz normalen Prozesses, zu dem phasenweise auch das Praktizieren von Selbstbefriedigung gehören kann. Es werden in der Bibel einige Formen sexueller Abweichung genannt, die Selbstbefriedigung gehört jedoch nicht dazu. Selbstbefriedigung ist allerdings eine Form der Eigenliebe, die, wenn sie exzessiv betrieben und auch weit über das Alter der Pubertät hinaus beibehalten wird, demütigend und schwer zu überwinden ist. Wir alle müssen Selbstbeherrschung lernen und dürfen uns nicht von unserem Sexualtrieb beherrschen lassen.

Leanne Payne hat dazu geschrieben: „Masturbation ist oft ein Bestandteil des Pubertätsalters; mit dem Abklingen dieser narzißtischen Phase klingt auch die Gewohnheit ab ... In manchen Fällen jedoch hat die Gewohnheit ihre Wurzeln in einem infantilen Trauma und hat mit schwerwiegender Furcht und mit Ängsten zu tun — Komponenten, von denen bei Kindern die schwersten psychischen Verletzungen begleitet sind. In solchen Fällen findet eine angstbesetzte Selbstbefriedigung statt (anstatt einer rein lustbestimmten). Das Kind, das weder von der Mutter noch von anderen Menschen, sondern nur von sich selbst Liebe erfahren hat, klammert sich ängstlich an seine eigenen Genitalien. Der christliche Psychiater und Tiefenpsychologe Dr. Frank Lake behauptet, daß kindliche Angst sich als schmerzhafte Spannung in den Genitalien manifestiert."[13]

Obwohl die Bibel Selbstbefriedigung nicht ausdrücklich verurteilt, so führt Selbstbefriedigung dennoch, wenn sie zwanghaft und exzessiv praktiziert wird, zu Selbstekel statt Selbstannahme. Es ist eine falsche Art der Selbstliebe, die letztlich zum Selbsthaß führt. Wir haben in der Beratung mit vielen betroffenen Menschen zu tun, verheirateten und unverheirateten. In allen Fällen handelte es sich um eine zwanghafte Gewohnheit, die manchmal von sexuellen Phantasien begleitet ist. Die Folge waren immer Schuldgefühle und Selbstverachtung.

Verschlossenheit

Im Pubertätsalter verwandelt sich ein freundlicher, offener Schüler in ein ichbezogenes, launisches Wesen. Es findet wirklich eine Identitätskrise statt. „Wer bin ich?“ „Bin ich annehmbar?“ „Was denken die anderen von mir?“ Von solchen und ähnlichen Fragen ist das gedankliche Leben völlig ausgefüllt. Das kann morbide und ungesund werden, wenn es auch über die Pubertät hinaus so praktiziert wird. Leanne Payne nennt dieses Analysieren und Auseinandernehmen eigener Erfahrungen die „Seuche der Selbstbespiegelung“. Sie bewirkt bei den Betroffenen, daß sie sich mit destruktiven statt konstruktiven Gedanken über sich selbst und ihre Lebenserfahrungen befassen. Indem sie alles und jedes hinterfragen und analysieren, zerstören sie ihr spontanes, kindliches Selbst, das ganz natürlich auf Gott und andere Menschen ausgerichtet ist und reagiert.

Eric war ein intelligenter, gebildeter Mann Mitte Dreißig. Er bat uns, mit ihm zu beten, weil er unter verschiedenen körperlichen Beschwerden litt und unter ständigen nagenden Sorgen. Die ersten Sitzungen waren beherrscht von Selbstanalyse und langen Monologen über seine Gedankengänge. Die Lektüre von Büchern zum Thema und der Konsum von entsprechenden Kassetten hatten dieses Kreisen um sich selbst noch verstärkt. Er litt in der Tat unter der Krankheit der Selbstbespiegelung und kämpfte gegen jeden Versuch, die Kluft zwischen Kopf und Herz zu überbrücken. Ein Schlüssel zur Lösung seines Problems wäre gewesen, seine Angewohnheit, alles und jedes in seinem Leben zu analysieren, abzulegen und statt dessen das Leben zu spüren und aus erster Hand zu erfahren. Ein weiterer Schlüssel wäre gewesen, mit Hilfe eines Therapeuten aus der Haltung des Kreisens um sich selbst zur Selbstannahme zu gelangen. Erst danach wäre er in der Lage gewesen, über den eigenen „Tellerrand“ zu blicken und andere zu lieben, denn erst dann hätte er sich im wahren Sinne selbst lieben können.

Sexuelle Verwirrung

Das Teenageralter ist eine Reise zu einem sicheren und vollständigen Bewußtsein der eigenen Geschlechtsidentität als Mann oder Frau. Manche Menschen bleiben jedoch in der Phase der Liebe zum eigenen Geschlecht stecken. Wie bei der Selbstbefriedigung kann die Ursache von Homosexualität weit zurück in einem Kindheitstrauma liegen. Sie kann aber auch direkt im Teenageralter zu finden sein. Ein junger Mann gestand mir einmal, daß er sich als Teenager sehr elend gefühlt habe und voller Neid und Bewunderung die gutaussehenden und beliebten Jungen betrachtet hätte. Er hatte nie einen richtigen Vater gehabt, war also nicht in seiner Männlichkeit bestätigt worden. Fünfzehn Jahre später steckte der junge Mann immer noch in denselben pubertären Gefühlen des Hingezogenseins zu gutaussehenden und beliebten Männern.

Jahrelang habe ich mich in Jeans und Pulli sehr wohl gefühlt. Weil ich heterosexuell ausgerichtet und glücklich verheiratet bin, war es mir nie in den Sinn gekommen, daß ich in meinem Frausein nie bestätigt worden, ja nicht einmal geweckt worden war. Als Kind hatte ich mir immer gewünscht, ein Junge zu sein, und darum gebetet, daß Gott mich in einen Jungen verwandeln möge. Als Gott mich auf einige frühe Traumata hinwies und die daraus resultierenden inneren Schwüre, die ich geleistet hatte, begann er ganz langsam, mein Selbstbild zu verändern. Weil Gott mich in meiner Geschlechtlichkeit auf eine Weise bestätigte, wie es mein Vater nie getan hatte, begann ich mich immer wohler zu fühlen als die Frau, als die Gott mich gedacht hatte. Die Jeans wanderten in die Mülltonne, und meine Töchter hatten viel Spaß dabei, mit mir zusammen die neue Garderobe auszusuchen. Mein Mann wurde glücklicher, aber auch um einiges ärmer!

Promiskuität

Wenn es nie zur Befreiung von einer übergroßen, dominierenden Mutter kommt und auch keine Bestätigung von einem ständig abwesenden Vater erfolgt, kann das beim Jugendlichen zu sexueller Verwirrung führen. Wenn der Teenager jedoch heftig kämpft und die Befreiung von der beherrschenden Mutter erreicht, braucht er trotzdem immer noch durch irgend jemanden die Bestätigung der eigenen Geschlechtlichkeit. Das kann dazu führen, daß der Teenager versucht, sein Mannsein oder Frausein durch Eroberungen beim anderen Geschlecht zu beweisen. Daraus kann ein zwanghaftes Flirten und auch Promiskuität resultieren.

Rebellion

Fiona, eine attraktive junge Frau Mitte Zwanzig, war verstört wegen ihrer rebellischen Einstellung allen Männern gegenüber, die versuchten, ihr irgendwelche Anweisungen zu geben. Als sie ihre Kindheit schilderte, wurde klar, daß sie sich nie richtig von der Kontrolle durch ihren Vater befreit hatte. Obwohl sie schon längst nicht mehr bei ihm lebte, hatte sie das Gefühl, ihr Leben sei vollständig von ihm beherrscht. Sie ertappte sich dabei, ihm immer noch alles recht machen und seinen Ansprüchen genügen zu wollen.

Rebellion ist etwas ganz Normales bei einem Teenager, der nach Unabhängigkeit strebt, aber in einem Alter, in dem die Unabhängigkeit längst erreicht sein sollte, ist Rebellion ein Hinweis auf ungelöste Themen oder unerledigte Fragen elterlicher oder anderer ehemaliger Autoritätsfiguren.

Unzulänglichkeit

Lornas Mutter ist vergangenes Jahr gestorben. Lorna ist immer weniger in der Lage, mit ihrem ganz normalen Alltag fertig zu werden. Sie fühlt sich unfähig und einsam, und die Anforderungen des Alltags versetzen sie in Angst und Schrecken.

Alan ist 22 Jahre alt und vor einem Jahr aus seinem Elternhaus ausgezogen. Jetzt ist er wieder zurückgekommen, und zwar mit einer ganzen Reihe ungelöster Probleme und einem Haufen Schulden. Er hatte unabhängig sein wollen, aber noch nicht genügend Selbstvertrauen gehabt, um allein zurechtzukommen.

Es gibt viele Menschen wie Lorna und Alan, die nie den Zustand der Unabhängigkeit und des Selbstvertrauens erreicht haben. Sie leben ständig in Sorgen und Ängsten und warten auf einen stärkeren Menschen, der ihnen hilft. Oft heiraten sie und werden übermäßig abhängig, indem sie den Partner zum Elternersatz machen. Sie setzen Kinder in die Welt, verlassen sich auf diese und machen sie viel zu früh zu „kleinen Erwachsenen". Eine Freundin erzählte mir einmal, daß ihre Mutter ihr schon in frühester Kindheit das Gefühl gegeben hätte, für alles verantwortlich zu sein. „Eigentlich war ich die Mutter und sie das Kind." Meine Freundin fühlte sich von ihrer Mutter um ein Stück ihrer Kindheit betrogen.

Menschen, die sich als unzulänglich erleben, sind oft Kinder sehr autoritärer Eltern und entstammen einem überbeschützenden familiären Hintergrund. Sie haben die schwierige Reise von der Abhängigkeit zur Unabhängigkeit und zum Selbstvertrauen während ihrer Jugend nie vollzogen.

Die Reise des Heranwachsens kann lange und beschwerlich sein, aber auch sie ist irgendwann zu Ende. Unsere älteste Tochter hat mit Zwanzig geheiratet. Unser winziges frühgeborenes Baby war zu einer schönen jungen Frau herangewachsen. Nur wenige Jahre zuvor hatten wir noch mit einem launischen, rebellierenden Teenager zu kämpfen gehabt. Ganz plötzlich, praktisch von einem Tag auf den anderen, verzogen sich die Wolken, die Sonne kam wieder hervor, und wir hatten unsere glückliche, kooperative Tochter wieder. Sie hatte die Stromschnellen des Heranwachsendenalters durchlebt und war jetzt bereit, sich als erwachsener Mensch niederzulassen.

Die meisten von uns werden sich in einigen der geschilderten Bereiche der Unreife wiedererkennen. Es hat gewiß niemand die Reise durch die verschiedenen Entwicklungsstadien ohne Schaden hinter sich gebracht. Am Anfang dieses Kapitels habe ich Winnicotts Aussage zitiert, daß das einzige Heilmittel gegen Unreife das Verstreichen der Zeit ist. Das trifft auf den normalen Wachstumsprozeß zu. Wenn aber jemand eine Entwicklungsaufgabe nicht im richtigen Stadium bewältigt hat, dann kann das Verstreichen der Zeit das Problem sogar noch hervorheben und verstärken. Die Lösung besteht dann darin, noch einmal zu der betreffenden Aufgabe zurückzukehren und sie mit Gottes Hilfe und unter seiner Anleitung zu bewältigen. Es gilt auch hier das beim Propheten Joel gegebene Versprechen, daß er uns die Jahre erstatten will, deren Ertrag die Heuschrecken gefressen haben (Joel 2,25).

Gott kann die Stelle beider Eltern einnehmen und gutmachen, was wir verloren haben oder um was wir betrogen wurden. In unserer Verantwortung liegt es, zu ihm zu kommen und ihm die Chance zu geben, das Bedürfnis in uns anzusprechen.

Arbeitsteil

1. Wie sah Ihre Beziehung zu Ihrem irdischen Vater aus? Wenn Sie keinen Vater hatten, dann denken Sie an die beherrschende Männerfigur in Ihrem Leben. Das kann Ihr Großvater, Ihr Onkel oder auch Ihr Stiefvater sein. Stellen Sie sich folgende Fragen:
   Welche Erfahrungen haben wir miteinander gemacht?
   - Hat er mit mir geschmust und gekuschelt?
   - Hat er sich Zeit für mich genommen?
   - Hat er mit mir geredet?
   - Hat er mit mir gespielt?
   - Hat er mit mir gebetet?
   - Hat er mich beschützt?
   - Hat er mich diszipliniert?
   - Hat er mich geliebt?
   - Hat er mich als Person bestätigt?
   - Hat er meine Geschlechtlichkeit bestätigt?

Was habe ich für ihn empfunden?
- Habe ich ihn geliebt?
- Hatte ich Angst vor ihm?
- Habe ich ihn vermißt, wenn er nicht da war?
- War ich erleichtert, wenn er nicht da war?
- Fühlte ich mich bei ihm sicher?
- Habe ich ihn respektiert?

2. Beschreiben Sie in Ihrem Tagebuch Ihre Teenagerzeit. Bringen Sie Ihre wahren Empfindungen über jene Jahre zum Ausdruck und beschreiben Sie außerdem Ihre Beziehung zu Ihren Eltern, speziell zu Ihrem Vater.
Wenn Sie sich von ihm nicht angenommen gefühlt haben — dann blicken Sie dieser Wahrheit ins Auge.
Wenn er Ihre Geschlechtlichkeit nicht bestätigt hat, dann stellen Sie sich dieser Tatsache.
Wenn Sie unter qualvoller Verlegenheit und unter Hemmungen gelitten haben oder noch leiden, stellen Sie sich der Realität dieser negativen Empfindungen.
Trauern Sie über den Verlust von Angenommensein und Bestätigung. Vergeben Sie denjenigen, die Sie verletzt haben oder die nicht für Sie da waren.

3. Suchen Sie sich einen ruhigen Platz und entspannen Sie sich. Stellen Sie sich Ihren Lieblingsplatz in der Kindheit vor. Sehen Sie, wie Jesus auf Sie zukommt. Bitten Sie ihn, sich neben Sie zu setzen, wie Sie es sich von Ihrem Vater gewünscht hätten.
Erzählen Sie ihm von jenen Jahren, von Ihren Ängsten, Ihren Sorgen, Ihrem Schmerz und Ihren Verletzungen. Lehnen Sie sich ganz bei ihm an und spüren Sie seine männlich Gegenwart.

4. „Bittet, so wird euch gegeben“ (Lk 11,9). Bitten Sie Ihren himmlischen Vater, Ihnen noch einmal beide Eltern zu sein und mit ihnen die Schritte zur „ernsthaften Selbstannahme“ zu tun. Benutzen Sie Ihr „Zwei-Weg-Tagebuch“, um Ihr Anliegen vorzubringen, und schreiben Sie auch Gottes Antwort auf Ihr Gebet auf.
Gott ist ein vollkommener Vater, und er sehnt sich danach, daß wir seine Liebe und Güte kennen und erleben. „Ich will unter ihnen wohnen und wandeln und will ihr Gott sein, und sie sollen mein Volk sein ... So will ich euch annehmen und euer Vater sein, und ihr sollt meine Söhne und Töchter sein, spricht der allmächtige Herr“ (2 Kor 6,16-18).

5. Nehmen Sie sich Zeit, über die Vaterschaft Gottes nachzudenken und zu meditieren. Lernen Sie das Vaterherz Gottes kennen. Floyd McClung hat ein Buch mit diesem Titel geschrieben. Darin heißt es an einer Stelle: „Gott ist der vollkommene Vater. Er diszipliniert immer mit Liebe. Er ist treu, großzügig, gut und gerecht, und er sehnt sich danach, Zeit mit Ihnen zu verbringen. Ihr Vater möchte, daß Sie seine Liebe annehmen und wissen, daß Sie in seinen Augen etwas Besonderes und Einzigartiges sind."[14]

6. Bauen Sie sichere Beziehungen innerhalb des Leibes Christi auf. Lernen Sie, Liebe und Bestätigung anzunehmen und zu geben.

Nachwort

Als Eltern wissen wir, daß das Ende einer Ära gekommen ist, wenn unser Sohn oder unsere Tochter zum Traualtar schreitet. Bald beginnt für uns eine neue Aufgabe — die Aufgabe des Großelternseins. Aber das ist wieder eine ganz andere Geschichte!

Unsere vier Töchter haben eine nach der anderen den Schutz ihres Elternhauses verlassen und ein eigenes Heim gegründet. Wir haben sie geliebt, für sie gesorgt, über sie geweint, mit ihnen gestritten und sie schließlich ziehenlassen. Jetzt haben sie eigene Kinder, und der ganze Kreislauf beginnt von vorn.

Wenn ich jedoch die ganze Geschichte der Kindheit unserer Töchter und unserer Versuche, ihnen gute Eltern zu sein, aufschreiben sollte, dann könnten wir keineswegs so tun, als seien wir immer nur erfolgreich gewesen. Bei so vielen Gelegenheiten und in so vielen Situationen haben wir versagt, haben wir sie verletzt und ihnen Probleme bereitet. Unsere jüngste Tochter war einmal dabei, als ich einen Vortrag vor einer Müttergruppe hielt. Hinterher erzählte sie, wie sie sich innerlich vor Schmerzen gewunden hätte, als ich erwähnt hatte, wie oft mein Gesicht hinter einem Buch verborgen gewesen sei, als die Kinder noch klein waren.

Manche Eltern, die dieses Buch gelesen haben, sind jetzt am Ende vielleicht voller Reue. Es ist ganz sicher nicht meine Absicht gewesen, Sie zu deprimieren oder auf einen „Schuld-Trip" zu schicken. Wir haben sicher alle unsere Erwartungen, die wir auch als Eltern an uns selbst hatten, nicht erfüllt, geschweige denn die Erwartungen Gottes, aber Gott läßt uns nicht ohne Hoffnung. Es gibt eine Wiedergutmachung für die Verletzungen, die uns zugefügt wurden, ebenso wie für die Verletzungen, die wir anderen zugefügt haben. Die Antwort liegt in der Vergebung: darum zu bitten, sie zu empfangen und sie zu gewähren.

Gott um Vergebung bitten

Die Erkenntnis, daß wir gesündigt haben bzw. einem bestimmten Maßstab nicht gerecht geworden sind, führt zum konstruktiven Umgang mit dieser Sünde. Es ist gut, sehr genau und konkret zu sein bei der Nennung der eigenen Sünden und Verfehlungen, die wir an anderen begangen haben. Nur allzu leicht verallgemeinern wir und stellen uns nicht dem Schmerz der wirklich geschehenen Vorfälle, für die wir verantwortlich waren und sind. Manchmal haben unsere Kinder unter Verletzungen zu leiden gehabt, die wir ihnen zufügten, obwohl wir sie nicht verletzen wollten und manchmal auch gar nicht wußten, daß wir sie verletzt hatten.

Einmal, während unserer Zeit in Chile, wurde eine unserer Töchter mit Blaulicht ins Krankenhaus gebracht, wo ihr in einer Notoperation der Blinddarm herausgenommen wurde. Mir wurde gesagt, ich könnte sie noch am selben Tag, allerdings erst später, sehen, ich sollte aber vorher lieber noch einmal anrufen. Jedesmal, wenn ich anrief, sagte mir die Schwester, ich könnte noch nicht kommen. Schließlich war es zu spät, und ich mußte bis zum nächsten Morgen warten. Als ich im Krankenhaus ankam, fand ich ein aufgewühltes Kind vor, das die ganze Nacht auf mich gewartet hatte. Die Schwester hatte mich völlig grundlos immer wieder vertröstet, und ich war einfach nicht hartnäckig und bestimmt genug gewesen. Mir wurde klar, daß ich ihr Nein als Antwort nicht einfach hätte akzeptieren dürfen. Ich hätte einfach hinfahren sollen, und wenn es nur für einen Gutenachtkuß gewesen wäre. Meine Tochter erinnert sich noch sehr genau an diesen Vorfall, und obwohl ich die Schuld auf die Schwester hätte abwälzen können, so war doch ich es, die die Verletzung verursacht hatte, und deshalb war ich dafür zuständig, sowohl Gott als auch meine Tochter um Vergebung zu bitten.

Die Kinder um Vergebung bitten

Wenn einmal um Vergebung gebeten worden ist und diese Vergebung empfangen wurde, dann ist die Tür geöffnet, durch die Gott eintreten und die Verletzung heilen kann. Der erste Schritt zur Heilung unserer Kinder kann darin bestehen, daß wir sie um Vergebung bitten. Wenn wir sie bitten und sie uns vergeben, dann geraten die Räder für eine notwendige emotionale Heilung ins Rollen, und es kann zur völligen Wiederherstellung kommen.

Vergebung empfangen von Gott und unseren Kindern

Gewissensbisse ziehen uns nur immer weiter in den Sog von Selbstverdammung und Depression. Buße dagegen führt zu Vergebung und Wiederherstellung. An irgendeinem Punkt müssen wir die Vergebung von Gott annehmen, und — wenn sie uns angeboten wird — auch von unseren Kindern. Selbst danach besteht immer noch die Versuchung, uns selbst für all unser Versagen zu bestrafen.

Manchmal sind Verletzungen gegenseitig. Wir haben einen Fehler gemacht, und unser zorniges Kind hat zurückgeschlagen und uns tief verletzt. In dem Fall sollten wir dem Kind vergeben.

Vergebung zu gewähren hat große Heilkraft. Sie kann unseren Geist, unsere Empfindungen, unseren Körper und unsere Beziehungen heilen.

Mir wurde einmal die bewegende Geschichte einer älteren Frau erzählt, die mit unheilbarem Krebs im Sterben lag. Ihr Sohn besuchte sie im Krankenhaus und erzählte zu Hause seiner Frau, daß seine Mutter bald sterben müsse, weil die Ärzte nichts mehr für sie tun könnten. Als seine Frau das hörte, erinnerte sie ihren Mann daran, daß es da noch ein paar unerledigte Angelegenheiten und Fragen zwischen ihm und seiner Mutter gäbe, und sie schlug ihm vor, diese Dinge mit seiner Mutter zu klären, bevor sie stürbe. Sie erinnerte ihn an die Zeit, als er aus dem Elternhaus ausgezogen war und sich dann ein ganzes Jahr lang nicht bei seiner Mutter gemeldet hatte. „Du mußt darüber mit ihr sprechen, bevor sie stirbt", sagte sie. Der Sohn war einverstanden, fuhr noch einmal ins Krankenhaus und bat seine Mutter um Vergebung für das, was er ihr Jahre zuvor angetan hatte. Seine Mutter war sehr bewegt, sie vergab ihm und bat ihn ihrerseits um Vergebung, ihn so unglücklich gemacht zu haben, daß er es nicht mehr zu Hause aushalten konnte. Die beiden versöhnten sich, und der Sohn fuhr zurück nach Hause. In der darauffolgenden Woche wurde die Frau als vollkommen geheilt nach Hause entlassen! Sie lebte in bester Gesundheit noch etliche Jahre und starb schließlich an normaler Altersschwäche.

Es gibt viele Geschichten über die wiederherstellende Kraft der Vergebung. Gott ist anscheinend Spezialist für die Erneuerung und Wiederherstellung zerstörter Beziehungen durch Vergebung. Eine Mutter, die ich kenne, bat ihren verheirateten Sohn um Vergebung dafür, daß sie ihn als Teenager mit ihren zornigen Äußerungen verletzt hatte. Er reagierte, indem er sie umarmte und sie bat, ihm zu vergeben, daß er sie so „genervt" hatte. Seitdem haben die beiden eine völlig neue Beziehung zueinander.

Die Heilung von Verletzungen unserer Kinder würde ganz natürlich vonstatten gehen, wenn das Bitten um Vergebung, das Annehmen von Vergebung und das Gewähren von Vergebung normale Bestandteile des Familienlebens wären.

In Deuteronomium steht, daß Bileam, der Sohn des Beor, den Auftrag hatte, einen Fluch über das Volk Israel zu sprechen, aber Mose erinnerte die Israeliten: „Aber der Herr, dein Gott, wollte Bileam nicht hören und wandelte dir den Fluch in Segen um, weil dich der Herr, dein Gott, liebhatte" (Dtn 23,6).

Wohl jeder von uns ist schon einmal verletzt worden und hat andere Menschen verletzt, aber wir haben einen Gott, der durch seine Gnade Fluch in Segen verwandeln kann, weil er sein Volk so sehr liebt.

Entwicklungsstadien

		Themen für die Eltern		
	Themen des Kindes	*Mutter*	*Vater*	*Mögliche Folgen bei Versagen*
Vorgeburtlich	Nahrung Urvertrauen	Anerkennen Willkommen	Schutz Unterstützung	Mißtrauen Unfähigkeit, Gutes von anderen anzunehmen oder sich selbst gut zu fühlen
Geburt	Leben	Geburtsarbeit	Unterstützung Ermutigung	Zorn Sprachschwierigkeiten Irrationale Ängste Trennungsangst
1. Stadium 0-12 Monate	Nahrung Vertrauen Internalisierung der Mutter Beginnender Ablösungsprozeß	Versorgung durch physische und emotionale Präsenz	Aufrechterhaltung der Grenzen	Mißtrauen gegen andere Schmerzliche Abhängigkeiten Selbstzweifel, Selbsthaß Depressionen
2. Stadium 15 Monate– 3 Jahre	Initiative Unabhängigkeit Kontrolle Entdeckung Sprache Identität	An Grenzen festhalten Emotionale Sicherheit Raum Ein gewisses Maß an Trennung	Setzen von Grenzen Stimulation Anderssein (als die Mutter)	Klammerverhalten (an Mutter) Übersteigertes Bedürfnis nach Aufmerksamkeit Unsicherheit Ablehnung Fehlender Optimismus

			Aufsässigkeit und Rebellion Schwierigkeiten mit Beziehungen
3. Stadium 3-6 Jahre	Geschlechtsidentität Beziehung zu Eltern Interesse an Genitalien Flirt mit dem gegengeschlechtlichen Elternteil	Aufrechterhaltung der Grenzen Beziehung in der Ehe	Erfolgsangst Angst vor Strafe Hemmung in bezug auf sexuelle Gefühle Sexuelle Neurosen
4. Stadium 6-12 Jahre	Schulische, soziale Aktivitäten Einflüsse von außen Entwicklung des Gewissens Sexuelle Neugier	Bedingungslose Liebe und Annahme Loslassen Verfügbarkeiten Mitteilen von Gefühlen Ermutigung zu Kooperation und Selbstverantwortung	Gefühl des Versagens Falsche Schuldgefühle Verlust- und Trennungsangst Mangel an Selbstbeherrschung Zorn oder Ablehnung
5. Stadium Adoleszenz	Hormonelle Veränderungen Gruppendruck Selbstannahme Geschlechtsidentität Selbstvertrauen	Festigkeit Bestätigung, besonders vom Vater Kommunikation Loslassen Den Weg zum Elternhaus offenhalten	Unsicherheit Zwanghafte Selbstbefriedigung Introvertiertheit Sexuelle Verwirrung Promiskuität Rebellion Unzulänglichkeit

Anmerkungen

Einleitung

1 Die Sendung hatte den Titel „A Master of Marionettes“ und wurde am 18.4.1989 auf BBC 1 gesendet.
2 J. Bowlby: The Making and Breaking of Affectional Bonds (Tavistock Publications, London 1979), S. 20.
3 Henri J.M. Nouwen: Reaching Out (Collins, Glasgow 1975), S. 88.

Kapitel 1

1 Ralph Martin: Husbands, Wives, Parents, Children (Servant Books, Ann Arbor, Michigan 1978), S. 117.
2 John Powell: Will the Real Me Please Stand Up (Tabor Publishing, Allen, Texas; Valencia, California 1985), S. 175.
3 Thomas Verney: The Secret Life of the Unborn Child (Delta Publishing, New York 1981), S. 152.
4 Ashley Montagu: Touching (Harper & Row, New York 1971), S. 98.
5 Thomas Verney, a.a.O., S. 164.
6 Madeleine Davis und David Wallbridge: Boundary and Space (Penguin, Harmondsworth 1981), S. 56.
7 J. Bowlby: The Making and Breaking of Affectional Bonds (Tavistock Publications, London 1979), S. 48.
8 Charles L. Whitfield: Healing the Child Within (Health Communications, Inc., Deerfield Beach, Florida 1987), S. 71.
9 Ebenda.
10 Alice Miller: The Drama of Being a Child (Virago, London 1987), S. 62.
11 Robin Skynner: One Flesh, Separate Persons (Constable, London 1976), S. 106.

Kapitel 2

1 Ebenda, S. 146.
2 Ebenda, S. 108.

Kapitel 3

1 Francis und Judith MacNutt: Praying for the Unborn Child (Hodder & Stoughton, London 1988), S. 44.
2 Frank Lake: Tight Corners in Pastoral Counselling (Darton, Longman & Todd, London 1981), S. 15.
3 Ebenda, S. X.
4 Thomas Verney, a.a.O., S. 77.
5 Ebenda, S. 79.

6 Ebenda, S. 12.
7 Ebenda, S. 95.
8 Francis und Judith MacNutt, a.a.O., S. 114.
9 Frank Lake, a.a.O., S. 16.

Kapitel 4

1 Ebenda, S. 18f.
2 Francis und Judith MacNutt, a.a.O., S. 13.
3 Thomas Verney, a.a.O., S. 87.
4 Charles L. Whitfield, a.a.O., S. 71.
5 Frank Lake, a.a.O., S. 19.
6 Ebenda, S. 20.
7 Thomas Verney, a.a.O., S. 101.
8 Ebenda, S. 102.
9 Ebenda, S. 104.
10 Francis und Judith MacNutt, a.a.O., S. 102.

Kapitel 5

1 Robin Skynner: Explorations with Families (Methuen, London 1987), S. 271.
2 Thomas Verney, a.a.O., S. 157.
3 Selma H. Fraiberg: The Magic Years (Charles Scribner & Sons, New York 1959), S. 70.
4 Ashley Montagu, a.a.O., S. 79.
5 Ebenda.
6 Morton Kelsey: The Christian and the Supernatural (Augsburg, Minneapolis 1976), S. 33.
7 Robin Skynner, a.a.O., S. 271.
8 J. Bowlby, a.a.O., S. 114.
9 Robin Skynner: One Flesh, Separate Persons, a.a.O., S. 29.
10 Ders.: Explorations with Families, a.a.O., S. 130.
11 Michael Jacobs: Toward the Fullness of Christ (Darton, Longman & Todd, London 1988), S. 29.
12 Frank Lake: Tight Corners in Pastoral Counselling, a.a.O., S. 102.
13 Frank Lake: Clinical Theology (Darton, Longman & Todd, London 1986), S. 108.
14 Alison Miller in: Daily Telegraph, 24. Januar 1989.
15 Erik Erikson: Childhood and Society (Paladin Grafton Books, London 1977), S. 69.
16 John White: The Masks of Melancholy (Inter-Varsity Press, Leicester 1982), S. 112.

Kapitel 6

1 Concise Oxford Dictionary.
2 Robin Skynner: One Flesh, Separate Persons, a.a.O., S. 30.
3 Ebenda, S. 27.
4 Michael Jacobs, a.a.O., S. 123.
5 J. Bowlby, a.a.O., S. 132.
6 Robin Skynner, a.a.O., S. 30.
7 J. Bowlby, a.a.O., S. 108.
8 Madeleine Davis und David Wallbridge, a.a.O., S. 136.
9 Robin Skynner und John Cleese: Families and How to Survive Them (Methuen, London 1983).
10 Robin Skynner: Explorations with Families, a.a.O., S. 273.
11 J. Bowlby, a.a.O., S. 10.
12 Ebenda.
Die sinngemäße Übersetzung des Verses lautet:
Jumbo hatte ein Baby, das ganz in Grün gekleidet war,
er wickelte es in Papier ein und brachte es der Königin.
Die Königin mochte es nicht leiden, weil es zu fett war,
deshalb schnitt sie es in Stücke und gab es der Katze.
Die Katze mochte es nicht, weil es zu dünn war,
also schnitt sie es wiederum in Stücke und gab es dem König.
Der König mochte es nicht, weil es zu langsam war,
also warf er es aus dem Fenster der Krähe zu.
13 Ebenda.
Die sinngemäße Übersetzung des Verses lautet:
Oh, mein kleiner Liebling, ich liebe dich;
oh, mein kleiner Liebling, das glaube ich dir nicht.
Wenn du mich wirklich lieben würdest,
dann gingest du nicht nach Amerika und ließest mich im Zoo zurück.
14 Kenneth Rose: Curzon: A Most Superior Person (Macmillan 1985).

Kapitel 7

1 Madeleine Davis und David Wallbridge: Boundary and Space, a.a.O., S. 138.
2 Leanne Payne: Crisis in Masculinity (Kingsway Publications, Eastbourne 1988).
3 Selma H. Fraiberg, a.a.O., S. 204.
4 Robin Skynner: Explorations with Families, a.a.O., S. 275.
5 Robin Skynner und John Cleese, a.a.O., S. 270.
6 Robin Skynner: One Flesh, Separate Persons, a.a.O., S. 132.
7 Leanne Payne: The Broken Image (Crossway Books, Westchester, Illinois 1981), S. 43.
8 Leanne Payne: Crisis in Masculinity, a.a.O., S. 26.

Kapitel 8

1 William Shakespeare: Wie es euch gefällt, 2. Akt, 6. Aufzug.
2 Selma Fraiberg, a.a.O., S. 289.
3 Ebenda, S. 302.
4 J. Bowlby, a.a.O., S. 107.
5 Selma Fraiberg, a.a.O., S. 147.
6 Ebenda, S. 275.
7 Ebenda, S. 278.
8 Charles L. Whitfield, a.a.O., S. 44.
9 J. Bowlby, a.a.O., S. 116.

Kapitel 9

1 Madeleine Davis und David Wallbridge, a.a.O., S. 95.
2 James Dobson: Parenting Isn't for Cowards (Word Ltd., Milton Keynes 1988), S. 143.
3 Ebenda.
4 Leanne Payne: Crisis in Masculinity, a.a.O., S. 87.
5 Helena Wilkinson: Puppet on a String (Hodder & Stoughton, London 1984), S. 39.
6 Madeleine Davis und David Wallbridge, a.a.O., S. 93.
7 Michael Jacobs, a.a.O., S. 108.
8 James Dobson, a.a.O., S. 152.
9 Leanne Payne: The Broken Image, a.a.O., S. 57.
10 Leanne Payne: Crisis in Masculinity, a.a.O., S. 88.
11 James Dobson, a.a.O., S. 159.
12 Madeleine Davis und David Wallbridge, a.a.O., S. 142.
13 Leanne Payne, The Broken Image, a.a.O., S. 58.
14 Floyd McClung, jr.: The Father Heart of God (Harvest House, Eugene, Oregon 1985), S. 34.